Anna Croissant-Rust

Winkelquartett

Eine komische Kleinstadtgeschichte

Anna Croissant-Rust: Winkelquartett. Eine komische Kleinstadtgeschichte

Erstdruck: München und Leipzig, Georg Müller, 1908

Neuausgabe
Herausgegeben von Karl-Maria Guth
Berlin 2020

Der Text dieser Ausgabe wurde behutsam an die neue deutsche
Rechtschreibung angepasst.

Umschlaggestaltung von Thomas Schultz-Overhage unter Verwendung
des Bildes: Heinrich Zille, Galgenhumor, 1924

Gesetzt aus der Minion Pro, 11 pt

Die Sammlung Hofenberg erscheint im
Verlag der Contumax GmbH & Co. KG, Berlin
Herstellung: BoD – Books on Demand, Norderstedt

ISBN 978-3-7437-3762-4

Bibliografische Information der Deutschen Nationalbibliothek

Die Deutsche Nationalbibliothek verzeichnet diese Publikation in der
Deutschen Nationalbibliografie; detaillierte bibliografische Daten sind
im Internet über www.dnb.de abrufbar.

Wer heutzutage in die alte Stadt kommt, von der ich reden will, und vor das schöne gotische Rathaus unter den mächtigen Linden, wird vergebens nach den Gewölben ausschauen, die in dieser Geschichte immerhin eine gewisse Rolle spielen. Eine Rolle, weil in einem dieser Gewölbe der Held Kampelmacherfritzl das Licht der Welt erblickt hat, eigentlich fast gegen den Willen und die Absicht der Mutter, und dann weil er einen Teil seiner Jugend dort verlebt, im zweiten weiteren Gewölbe seine Lehrzeit durchgemacht, und im dritten seine Tätigkeit als Meister ausgeübt hat.

Auch das schmale engbrüstige Haus, in dem die Mahn Rosine geboren und erzogen worden ist, und in dem ihr Vater das ehrsame und nährende Gewerbe eines Tändlers und heimlichen Ferkelstechers betrieb, wird wohl nicht mehr in der Girgengass stehen, die jetzt als Georgenstraße die »Avenue« der Stadt geworden ist und vom Marktplatz an mit stattlichen Zinskästen prangt.

Nur das einstöckige Haus mit seinem späteren Aufbau, windschief nun und förmlich in sich zusammengesunken, wird man noch finden können, das Vater- oder besser das Mutterhaus des hinkenden Maxl, das heute noch in der Paradeisgasse stehen muss.

Es ist richtiger zu sagen das Mutterhaus, denn dem eigentlichen Vater des hinkenden Maxl war gewiss die berüchtigte Paradeisgass, in der nur kleines und kleinstes Volk lebte, und die ihren Namen wie zum Hohn trug, kaum bekannt, bis zu dem Augenblick, wo er den hinkenden Maxl, seinen leiblichen Sohn, in einer besonderen Mission aufsuchte.

Wenn dieser Vater, der Baron, einmal zur Stadt kam, so geschah das im eleganten Landauer, und sein Wagen mit dem Wappen hielt gewöhnlich nur vor der Behausung anderer Adeliger, vor der der »Spitzen der Behörden« oder vor dem Kasino des kleinen Städtchens, wo der einzige Kellner Hans, der Stolz und das Kleinod des Traiteurs, in fieberhafte Aufregung geriet, sobald er nur einen Schein der sandfarbenen Livrée des Kutschers des Baron von Lohberg erblickte, denn es gehörte wahrhaftiger Gott mehr dazu wie nur Servietten schwenken, um diesen verwöhnten Krautjunker zu befriedigen!

Gewiss war der Baron nie in die Paradeisgasse gekommen, bis zu der Stunde, da er den hinkenden Maxl im vollen Sinne des Wortes in Augenschein nahm, was in der besagten Gasse eine ungeheure Aufregung verursachte und auch für diese Geschichte nicht ohne Folgen bleiben wird.

Die Paradeisgässer waren als sehr neugierig, schlagfertig und spottsüchtig verschrien und nicht umsonst ging der Vers:

»Wer durch die Langgass geht ohne Kind,
Hinter Sankt Martin ohne Wind,
Durch die Paradeisgass ohne Spott,
Der hat a Gnad von Gott.«

Davon, d. h. vom Spott, konnte der hinkende Maxl mit seinem langen und traurigen Pferdskopf ein Liedlein singen! Doch nicht von ihm soll jetzt erzählt werden, obwohl er vielleicht durch den baronlichen Vater mit dem schönen Coupé schon einiges Interesse erweckt hat. Der hinkende Maxl kann warten, er ist ja das Zurückstehen von Profession gewohnt, er ist geboren zurückzustehen.

Eigentlich hätte jetzt wohl die holde Weiblichkeit des Kleeblattes zu erscheinen, vor allem die Mahn Rosine; doch da die schönen alten Gewölbe schon den Anfang machten, soll die Rosine mit dem schwarzen Haar und einigen markanten Abzeichen ihrer Rasse in der Mitte liegen bleiben und der Kampelmacherfritzl zuerst aufmarschieren, der sowieso in seinem ganzen Leben nichts hat erwarten können, was er schon bei seiner Geburt bewies, denn er kam ganze acht Wochen zu früh, war also ein Siebenmonatkind.

Damals war er freilich nicht der Kampelmacherfritzl, sondern der uneheliche Sohn der Genoveva Glocke, Obstlerin, die bei seiner Geburt schon ziemlich in den Jahren war, weshalb sie warmherzige und liebenswürdige Leute von da ab Mutter Glocke oder schlichtweg Glockin nannten.

Dass das Folgende gleich von zwei außerehelich geborenen Subjekten zu handeln haben wird (siehe den hinkenden Maxl!), ist gewiss sehr fatal, aber erstens ist an den Tatsachen nichts mehr zu ändern und zweitens wird hoffentlich durch die Mahn Rosine, die so ehelich geboren ist, wie nur irgendeiner, alles wiedergutgemacht. Auch gereicht es sicher zur allgemeinen Genugtuung, dass sich der Fritzl, zwar nicht infolge seiner illegitimen Geburt, doch wohl infolge seiner schlimmen Anlagen durchaus nicht als tadelloser Bürger, als kein einwandsfreies Mitglied der bürgerlichen Gesellschaft auswuchs, und nicht die gewünschten friedlichen und staatserhaltenden Eigenschaften aufwies, die von ihm hätten gefordert werden können, sodass mit vollem Recht sehr bald und auch später in der Nachbarschaft eine gewisse grimmige Befriedigung über ihn herrschte, ganz in Übereinstimmung mit der guten, d. h. besseren Bevölkerung des Städtchens, die von Uranfang an prophetisch gesagt hatte: »Der Apfel fällt nicht weit vom Stamme.«

Vorderhand, oder bis jetzt ist aber der kleine, sehr kleine Fritzl, erst andeutungsweise geboren, und noch immer ist wohl die Mutter Genoveva Glocke, leider keine »Geborene«, erwähnt, aber kein Wort vom Vater gesagt. »Ja eben, ja eben«, oder, wie Genoveva Glocke sagte, »ja ehm, ja ehm«, da stak der Haken. Ein Wunder war es, ein »völliges« Wunder, dass der Fritzl nicht auf öffentlichem Marktplatz unter den Lindenbäumen zur Welt kam, oder wem es widerstrebt, das Wunder zu nennen, ein reiner Zufall.

Der dicken Obstlerin Genoveva Glocke (noch Vevi, nicht Mutter Glocke genannt), war die Geschichte nach zwanzigjähriger Pause, während der sie vor sich selber und vor den anderen quasi wieder zur Jungfrau geworden war, eine heillose Überraschung. Sie konnte und konnte nicht daran glauben.

Grübelnd und kopfschüttelnd saß sie Tag für Tag unter dem doppelten Schutz ihres großen grauen Leinenschirmes und des mächtigen Daches der Linden, war ein bisschen konfus und schämte sich ein bisschen. Als sie zweiundzwanzig alt war, frisch und blühend, hatte sie sich freilich noch mehr geschämt, obwohl sie den Vater des kleinen Mädchens genau anzugeben wusste, was diesmal ganz und gar nicht der Fall war. Jetzt war sie zweiundvierzig, dick, verfettet, mit Säcken unter den Augen und einem fast unheimlichen Umfang. Kein Mensch dachte daran oder sah ihr an, dass sie bald dem kleinen Erzspitzbuben, dem späteren Kampelmacherfritzl, das Leben geben sollte.

Sie selbst wollte die Affäre auch vor sich nicht wahr haben, darum blieb sie fest auf ihrem Höckerinnenstuhl sitzen bis zur letzten Minute. Ein Glück, dass das Gewölbe, Salon, Wohn- und Schlafgemach der Dame Glocke, sowie Obstvorratskammer, in der allernächsten Nähe war, sie hätte sonst keinen sicheren Port mehr erreicht, kaum dass sie noch die paar Stufen hinunter kam.

Dies Geschrei und Gelächter unter den andern Höckerweibern! Dies Raten und Disputieren, diese Garde vor dem Gewölbe, als die Hebamme angerückt kam! Und erst als der Vater sollte ins Taufregister eingetragen werden! Die Vevi Glocke heulte drinnen. Wenn sie sich doch die ganze Zeit schon besonnen hatte, wenn das doch ihr größter Kummer war! Was lag ihr an dem armseligen Kinde! Am Vater lag ihr und auf den konnte sie nicht kommen! Es verwirrte sie erst recht, dass man beständig in sie drang: »Ja, einen Vater muss er doch haben?!«

Gewiss, recht, aber welchen?

»Es mag sein, es ist die Hennemusi, oder der lange Packträger am Markt vorne, den Namen woaß i net, oder an anderer, oder der Nachbar Kampelmacher, na, der is es net, i mag niemanden unrecht verdächtigen, schreibt's halt niemanden ein und wart's bis er größer werd, wem er gleich siecht.«

»Bis jetzt siecht er überhaupt net amal an Kind gleich«, spöttelte Madame Hähnlein, die Amme, der es gar nicht passte, den winzig kleinen roten Wurm zur Schau zu tragen. Mit dem kriegte man ja überall das Gespött! Nicht einmal den dritten Teil des Taufkissens füllte er aus, und ihre sämtlichen Taufhäubchen fielen ihm bis zur Nase über das verrunzelte Faltengesicht, das vorderhand noch wie das eines greinenden boshaften Äffleins aus den Kissen sah.

Den Paten machte, nachdem der lange Packträger, den die Amme perfiderweise zitieren wollte, ausgerissen war, irgendeiner, den sie im Vorbeigehen aufgabelte. So kam der Fritzl sogar um ein Patengeschenk, was ihn in späteren Jahren noch giftete, und weswegen er die Madame Hähnlein, die ihm zum Eintritt in die Welt verholfen hatte, nicht leiden konnte.

Mutter Glocke war es vorderhand nur darum zu tun, ihren Beruf, der unterhaltlich, beschaulich, wenn auch nicht aufregend einträglich war, sobald als möglich wieder ausüben zu können.

Am fünften Tage nach der schleunigen Geburt Fritzls saß sie schon wieder, genau anzusehen wie vorher auch, unter dem grauen Schirm, und über ihr tanzten die Sonnenflecken, wenn der Wind die breitästigen Linden oben bewegte.

Es war sommerlich warm und erschien ihr angenehm, so mitten auf dem Marktplatz, mitten im Leben der kleinen Stadt zu sitzen, ein wenig scheu zwar, aber mit dem Gefühl, etwas interessanter geworden zu sein.

Später aber, als die Bäume anfingen die Blätter herabzusäen, als sich manchmal ein gemessener Tanz bunten Herbstlaubes, von der Allee hereingewirbelt, um ihren Stand erhob, und die Leute laut schimpften, dass die kleine, armselige, alleingelassene Kreatur im Gewölbe schrie, dass ihre Lunge fast zerplatzte, fand Mutter Glocke, dass das Wandeln zwischen Stand und Gewölbe für ihre stets zunehmende Körperfülle zu beschwerlich sei. So fasste sie den Entschluss, einen Strich unter die Idylle ihres Höckerinnendaseins zu machen, und – als Zeichen der endgültig entschwundenen Jugend – von nun an in Züchten und Ehren ihre Äpfel und Birnen, ihre Zitronen und Hutzeln, ihr Johannis- und Kletzenbrot, die ersten und letzten Kirschen und »Zweschben« vor ihrem Heim, dem Gewölbe, auszubreiten.

Da konnte sie – und sie fand ihr Tun bald sehr löblich – wenn draußen der Wind rumorte, oder gar schon Schnee fiel, unangefochten von Kälte und Sturm im Gewölbe sitzen, das sie sonst nur zur ganz strengen Winterszeit bezogen hatte.

Ganz so »unterhaltlich« wie auf dem Marktplatz war's nicht, aber doch recht vergnüglich, durch die Glastür zu erspähen, wer da vorbeiging oder sich drüben in der Löwenapotheke oder in dem großen »Spezlereiladen« etwas holte. Als Missstand empfand sie freilich, dass sie mit anhören musste, wie bunt es der kleine Balg nebenan trieb.

Eine Lunge hatte der Zwerg! Die stand in gar keinem Verhältnis zu dem Brüstchen und Körperchen, das man immer erst in den Bettstücken suchen musste. Zwei Stufen höher als das tiefgelegene Gewölbe lag nämlich das »Kabinettl«, Schlafgemach der Dame Vevi, vor Kurzem Ort des »accouchements«, jetzt Kinderzimmer, dabei Küche, Garderobe und im grimmen Winter auch Empfangszimmer für etwaige Besuche. Es hatte die Länge des Gewölbes, war aber so schmal, dass Mama Vevi nur mit Mühe die gewichtigen Teile ihres Körpers zwischen Bett und Kommode durchzuzwängen vermochte.

Nun stand außer der alten Kommode, dem alten Schrank, einem alten Holzkoffer und anderem alten Gerümpel noch der Korb mit dem neuen Jungen darin, und Mutter Glocke begab sich nicht gern unnötig in die Enge und Wirrnis des Kabinettls. Die Mauern waren dick und die Türe hielt sie geschlossen, das Schreien des stets lauten Knäbleins musste schon mörderisch werden, ehe sie ans Aufstehen dachte.

Jetzt, da sie den Weg von ihrer Behausung zum Stand nicht ein paarmal am Tag hin und her zu machen gezwungen war, nahm ihr Umfang täglich zu, ja sie glich eher einer wandelnden schwammigen Fettpyramide, denn einem auch nur einigermaßen geformten weiblichen Wesen.

Wenn sie ging, sah sie aus, wie wenn sie auf ein Brett mit kleinen Rädern gestellt wäre, das eine unsichtbare Hand an einer unsichtbaren Schnur hinter sich drein zog.

Aller unnötigen Beschäftigung abhold, war ihr die mit dem Kinde in den Tod zuwider. Konnte denn der krebsrote Kerl mit den spindeldürren Beinchen, der stets aussah, als sei er am Ersticken, nicht endlich einmal den Zweck erfüllen, den Mutter Vevi für seinen einzigen hielt, nämlich, – sich möglichst bald aus dem Staube zu machen? Nein, voll ausgesuchter Bosheit blieb er leben, genau wie er eben diese Bosheit dadurch bewies, dass es ihm auch in der Folge gar nicht einfiel, einem der mutmaßlichen Väter zu gleichen.

»Wo der Bua ner des G'müt her hat?«, fragte sie oft und oft die dürre Wiesnerin, ihre Kollegin, die manchmal ihre Abendvisiten machte. »Von mir doch net! Ich bin alleweil gutmütig und g'fällig g'wesen, und er is es net. Es is, g'wiss und wahr, ein Irrtum, und ich kann's gar net glauben, dass grad ich sei Mutter worden bin. G'münzt hab ich's net auf ihn g'habt und entbehren könnt ich ihn leicht.«

Die dürre, ausgemergelte Wiesnerin verstand das sehr gut. Sie hatte es auch nicht auf ihre zehn »gemünzt«, und hätte sie auch leicht entbehren können.

»Ja, gelt Wiesnerin, vor fünfundzwanzig Jahren, da war's anders!« Gerieten sie auf dies Thema, so kamen die beiden, die miteinander jung und sauber gewesen, an kein Ende.

Wer allerdings heute Mama Glocke sah, förmlich zerflossen, Leib und Brust ineinander übergehend, dass nur die Schürzenbänder die mutmaßlichen Konturen bezeichneten, mit entzündeten Augen, die Haut rot und höckerig unter dem spärlichen Haar, der musste erstens freilich den Kopf schütteln über Fritzls Existenz, zweitens konnte er sich gewiss nicht vorstellen, dass die schwammige Höckerin einst eines der schönsten Mädchen war.

Die Wiesnerin jedoch hob jederzeit den Schwurfinger für Vevis Reize, und wer es trotzdem nicht glauben wollte, den konnte man schlagend auf die schöne Tochter verweisen, die, zwanzig Jahre vor dem Fritzl geboren, der Mutter Abbild geworden, eine bekannte Schönheit, groß und schlank, mit blitzenden Augen und blitzenden Zähnen, mit einer Haut wie Alabaster. Leider war sie nur im Bild und nicht mehr leibhaftig zu sehen, da sie von einem reichen Viehhändler geheiratet und nach Ungarn exportiert worden war. Dort blieb sie bis gegen das Ende dieser Geschichte, für die Mutter verschollen, froh wahrscheinlich, die Schweinewirtschaft, die sie zu Hause gesehen, mit einer echten, wirklichen, einer Schweinewirtschaft im großen Stil, vertauscht zu haben.

Die sei ein anderes Kind gewesen, kein solcher Wechselbalg wie der Fritzl, klagte Mama Glocke.

Der glich ja eher einem Vogel denn einem kleinen Menschenkind, sein Gesicht büßte niemals die Röte ein, die er mit in dieses Jammertal gebracht, und er sah schon im Wickelkissen aus, als sei er voller Zorn und Geifer.

Die war prompt zur richtigen Zeit gekommen, Vevi konnte prompt den Vater angeben und mit einem Jahr fing sie prompt zu laufen an.

Dagegen *der*!

Im dritten Jahr bequemte er sich erst, auf den dünnen gekrümmten Beinchen zu stehen und ein wenig zu reden. Geschimpft hatte er freilich, ohne reden zu können, von aller Anfang an aus seinem Korb heraus wie ein Rohrspatz. Da lag er drinnen, anzusehen wie ein halbverhungerter Rabe, mit dem langen dünnen Halse, der großen Nase und den runden schwarzblanken Augen, die schon ganz früh eine Verruchtheit verrieten, die später sein Stolz und seine Stärke wurden.

Nichts hatte er von ihr, wie sie meinte, vor allem nicht ihr schönes, warmes und gütiges Herz.

Er konnte noch nicht einmal laufen, nur krabbeln, doch versuchte er schon, die Mutter von ihrem Lehnstuhl zu zerren, weil er ihn in Besitz nehmen wollte, und konnte dabei blaurot vor Wut werden und um sich schlagen und beißen wie ein kleines Tier.

»Fot! Fot!«, schrie er und stieß nach dem unbeweglichen Fettkloß von Mutter. Sie stieß nicht wieder, das verbrauchte zu viel Kraft. Ihre ganze Vitalität hatte sie nötig, um aufzustehen, wenn ein Kunde kam, und dem ein süßes Maul über ihren Hängebacken zu machen. Hatte der die Türe wieder von außen zugedrückt, sank sie allsogleich in den Lehnstuhl zurück, der noch lange nach der »Niederlassung« Töne des Protestes von sich gab.

Dort saß sie – der Fritzl erinnerte sich in späteren Jahren noch wohl daran – und kaute gern Hutzeln und Nüsse, die etwas trockene Vesper mit dem Fläschlein befeuchtend.

Ihre Kochkunst war nicht allzu sehr ausgebildet; ohne viel Vorbereitungen in Szene gesetzt, schnell verschlungen, bestand ihr Menü stets aus einem Gerichte, das heißt aus Verschiedenem, das kunterbunt in einem Topfe aufgesetzt wurde, während der Fritzl meistens aus dem Übriggebliebenen aus kalten Näpfen aufgefüttert wurde, besonders in späteren Jahren.

Da fing auch das Nebengelass, das Kabinettl, von Fritzl Keuche geheißen, an, zu klein zu werden, und ohne viel Federlesens warf Vevi dem Jungen einen Kotzen ins Gewölbe, ein paar Decken und ein Polster dazu. Nun schlief er mitten unter Obstfässern und Gemüsekörben, eingewickelt und förmlich in sich zusammengeringelt, wie junge Hunde es machen, denn das Gewölbe war kalt im Winter, da Mama Vevi, in weiser Fürsorge gerade so viel Wärme aus dem Kabinettl herausließ, dass Obst und Gemüse nicht erfroren.

Untertags blieb sie dort oder saß, in Mäntel und Decken verpackt, und so noch monströser anzusehen, heraußen im Gewölbe, das traditionelle Kohlenbecken der Höckerin unter den Füßen.

Im Winter kamen die Kunden zu ihr herein, eilige und schwatzhafte Dienstmädchen, kleine Studentlein und Gewerbeschüler ohne Mäntel, mit roten und schwarzen Pulswärmern an den blaugefrorenen Handgelenken, es kamen kleine und große, schüchterne und freche Klosterschülerinnen, die die Süßigkeiten rasch in den Muff und dann sogleich ins Mäulchen steckten.

Alle kannten den Fritzl und gingen mit ihm um, wie man mit einem zwar amüsanten, aber bösartigen gezähmten Vogel, oder einem bissigen kleinen Köter umgeht.

So ähnlich behandelte ihn auch Mutter Vevi, wenn sie friedfertig war, und sie war das wirklich aus Bequemlichkeit und einem angeborenen Hang zum Duseln. Aber, aber – etwas verdüsterte das Bild ihrer beschaulichen Seele.

Sei es, dass das Fläschlein manchmal seine Wirkung auszuüben begann, sei es, dass in irgendeinem Winkel ihres Gemütes noch ein Stück unausgelösten Temperamentes spukte, von Zeit zu Zeit überkam die sonst so stille Seele ein furchtbarlicher Zorn, der sie ohne Veranlassung fast, ja wie der Blitz aus heiterem Himmel überfiel.

Dann stürzte sie wortlos auf den Fritzl los und zerbläute ihn so lange, bis sie genötigt war, unter Ächzen auf den protestierenden Stuhl niederzusinken, in der Farbe ihren rotvioletten Krautköpfen nicht unähnlich, die in den Stellagen in Reih und Glied standen.

Das waren ihre Quartalszörne, die sich leider in späteren Jahren auch auf die Kunden auszudehnen begannen. Harmlose Bürger und Bürgerinnen, kleine Schulkinder, eilige Gewerbeschüler (in der Stadt Gewerbschachteln geheißen), dürftige Präparanden, oder Fremde, die, nur ganz bescheiden vielleicht, handeln wollten, bekamen ganz plötzlich zu ihrem maßlosen Erstaunen böse Worte um die Ohren und allerlei Waren ins Gesicht geworfen. Standen sie trotzdem noch eine Weile still, oder begannen gar aufzubegehren, so konnten sie es erleben, wie Mutter Glocke Äpfel und Birnen, Feigen und Bonbons, selbst das vielbegehrte Studentenbrot, Lebkuchen und süßes Gebäck, im wildesten Tumult durcheinander warf, ja das Leinendach ihrer Auslage mit wütenden Griffen herabzerrte, sogar zuletzt anfing, ihrem Handel tatsächlich alle Basis zu untergraben, indem sie ihrem wackligen »Stand« die Beine ausriss und alle Waren durcheinander, mit einer bei ihren Fettmassen ans Wunderbare grenzenden Behändigkeit unter die Zuschauer warf, die sich stets in hellen Haufen einfanden.

Das größte Gaudium hatten dabei natürlich die Gassenkinder, die schon länger, den Finger im Munde, auf einem Bein stehend und sich so um sich selber drehend, in vorausahnender Wonne dem Verlauf der Dinge zusahen.

Endlich war alles so weit gediehen, dass sie sich wie heulende Derwische auf die Leckereien stürzen konnten, während Mutter Vevi, in ihren Grundfesten erbebend, eine Masse unziemlicher Ausdrücke und unflätiger Schimpfworte unter die Menge warf, so unflätig, dass man sie sogar in Gedanken nur errötend und widerwillig wiederholen mochte.

Das Schimpfen dauerte so lange, bis ihr keine noch wüsteren Worte mehr einfielen, oder bis ihr der Atem versagte, um das Gelächter und den Tumult zu überschreien.

Dann watschelte sie, noch immer unter Geschimpfe, ins Gewölbe, dessen schwere, eisenbeschlagene Holztüre, die sonst nur während der Nacht geschlossen ward, sie hinter sich zuwarf.

War es dem Fritzl noch gelungen, vor diesem Akt zu entkommen, war es gut, wenn nicht, war es schlimm, denn die Reihe kam nun an ihn.

Eine wilde Jagd begann in dem stockdunklen Gewölbe. Der Fritzl suchte instinktmäßig zu verhindern, dass die Alte an die Türe des Nebenzimmers kam, denn wenn sie die aufriss und es hell wurde, war er verloren. Da kriegte sie ihn allemal. Je weniger Mutter Vevi ihren leiblichen Sohn erreichen konnte, desto hartnäckiger wurde sie. Wie ein Affe hüpft der Fritzl von einem Obstfass aufs andere, hopste auf den Lehnstuhl, warf der Keuchenden Krautköpfe vor die Füße – dennoch, trotz seiner Behändigkeit fiel der Junge ihr fast regelmäßig doch noch in die Hände, und in dem tiefen Dunkel entspann sich dann ein Kampf, bei dem beide blindlings aufeinander losschlugen und der Fritzl wie wütend um sich biss, so lange, bis sie ihn aus allen Kräften an sich zog, förmlich in sich hineinpresste, dass er fast in ihrer »Leiblichkeit« ersticken musste.

Hie und da gelang es dem Fritzl, das Nebengemach zu erreichen und drinnen sofort den Riegel in die Finger zu kriegen. War es ihm, unter triumphierendem Indianergeheul, geglückt, ihn zwischen sich und den entfesselten Fettklumpen zu schieben, so erhob sich alsbald ein solches Gebrüll und Zetergeschrei im Gewölbe – man war im Rathaus und die Polizeiwache ganz in der Nähe –, dass sämtliche Polizeisoldaten aufsprangen, die vielleicht gerade alle an ihren Uniformen vorhandenen Knöpfe aufgeknöpft hatten, und in der Wärme und dem Frieden der Wachstube die Fliegen an der Decke und auf dem Fußboden mit den Augen fingen. Mit krummen Zehen angelten sie nach ihrem daneben stehenden Schuhwerk und liefen schnell fort, im Lauf noch die allernotwendigsten Knöpfe schließend. Gleich darauf erschienen sie säbelumgürtet und mit strengen, schnurrbärtigen Mienen, zerteilten durch Augenrollen und durch drohende Bewegungen den Tumult, worauf sie mit dem ihnen zukommenden Ernst und der ihnen wohlanstehenden Würde nach feierlicher Eröffnung der Türe den nachbarlichen Kobold, der ihnen schon Streiche genug gespielt, in schöner Übereinstimmung versohlten. Alsdann sprachen sie, je nach Würde und Laune ein paar

Worte mit der verstummten Vevi, zogen auch, je nach Würde und Laune, kürzer oder länger an der Glockin Fläschlein und verschwanden wieder, würdig, und mit befriedigtem Ausdruck in der Richtung nach der Wachtstube zu.

Das Ende eines jeden Quartalszornes war stets gleich, nur der Effekt war für Mutter und Sohn ungleich.

Fritzl hockte immer heulend, von ohnmächtigen Rachegedanken gegen die hohe Polizei und Mutter Glocke gleichmäßig erfüllt, doppelt versohlt auf seiner Decke im Winkel, und die Alte lag, nachdem sie noch eine Weile gegrölt, mit dem leeren Fläschchen schnarchend auf ihrem Bett.

Den nächsten Tag war sie demütig, zerknirscht, voller Erbitterung, nicht gegen Fritzl, sondern stets gegen die hohe Polizei, die nicht früher eingeschritten und so ihre »Sach« gerettet hatte.

Mit vielem Ächzen und unter einer schweren seelischen Depression suchte sie rings um das Gewölbe, sogar im Rinnstein nach den verschleuderten Waren, und der Fritzl musste nach dem Schreiner laufen, dem sie jedes Mal sagte:

»Brunnhuber, da schau her, a Kreiz is, alles is hin! Gestern hat mir der Wind, der elendige, wieder alles umg'schmissen«, worauf der Brunnhuber jedes Mal mit schönem Ernst erwiderte:

»Jaja, damisch is er gestern gangen, der Wind!«, ein paar Nägel einschlug, einige Kreuzer einsackte und wieder ins Wirtshaus trollte, aus dem ihn der Fritzl aufgestöbert.

Süß war der Aufruhr dennoch des Öfteren für Fritzl. *A conto* des Wirrwarrs stopfte er sich die Taschen mit guten Sachen voll, die er später, freilich unter Tränen, in seinem Winkel hinabwürgte. Manchmal behielt er auch das eine oder andere Stückchen, das ihn nicht besonders anzog, zurück, um es seinem intimsten Freund, dem hinkenden Maxl, gönnerhaft in Wort und Allüren, zu überreichen. So ungefähr waren die Höhen und Tiefen, war das »Auf und Ab« in Fritzls Jugend, und als wohlbestellter nachmaliger Kampelmachermeister hat er nicht an dem Gewölbe vorbeigehen können, ohne auszuspucken und einen schnellen schießenden Seitenblick nach der teuren Heimat zu tun.

Eigentlich wäre jetzt von seinem getreuen »Spezl« und vielliebem Freund, dem hinkenden Maxl, zu reden. Doch soll jetzt die Mahn Rosine an der Reihe sein, und auf unserer Wanderung vom Rathaus und

Marktplatz die Girgengass hinauf gegen die Paradeisgass zu, steht ihr elterliches Haus auch gerade am Weg.

Wenn man das Palais Glocke zum Vergleich heranzieht, war freilich dagegen gehalten die Mahn Rosine, die bestimmt war, in Fritzls Leben eine Rolle zu spielen, »in Herrlichkeit geboren«.

Tochter des Tändlers und Kleiderhändlers Aaron Mahn und seiner Ehefrau Malche, geborenen Blumenstätter, war man über ihren Vater nicht im Unklaren, wie über den des p. p. Fritzl. Die Hebamme hatte sofort die ordnungsgemäße Solidität und das durchaus zu billigende Bestreben des kleinen Kindleins, dem »Date« ähnlich zu sehen, konstatiert. Nur die Peinlichkeit allein, mit der die Nase der kleinen Rosine sich bemühte, aufs Haar der des alten Aaron zu gleichen!

Die jüdische weise Frau konnte sich nicht enthalten, der Wöchnerin anerkennend zuzurufen: »Malche, des hascht de gut gemacht, ganz der zwett Alt'!«

Doch Malche, von der der spätere Hang Rosinens für alles Schöne und Ideale stammte, hatte für die Art Schönheit und für dieses Ideal kein Verständnis bekundet, sondern nur ein paar tiefe, ja beschämte Seufzer ausgestoßen, die schon eher ihre Enttäuschung und Erbitterung bekundeten, ja, sie machte später ihrer Verwandtschaft gegenüber gar kein Hehl daraus, dass es ihr furchtbar bitter sei, dass das Rosinchen nicht ihr gleichen wolle, sondern hartnäckig fortfahre, immer tiefer in die Ähnlichkeit mit dem »Date« hineinzugeraten. Diese fieberhaften Bestrebungen des Kindes, den Alten nachzuahmen, erlebte das schöne Malche freilich nicht allzu lange. Acht Monate nach der Geburt des kleinen Mädchens legte sie sich hin und starb.

Die Verwandtschaft des alten Aaron, boshaft und schlagfertig wie er selber, die stets im Krieg mit dem ideal veranlagten Malchen gelegen hatte, behauptete, dass sie, eitel wie sie gewesen, aus Gram darüber gestorben sei, dass das Rosinche, eine echte »Mahn«, sich hartnäckig weigere, den idealen, aber bornierten Typus der Blumenstätter anzunehmen und lieber aussehen mochte wie sie, die rassigen und siebengescheiten Mahns. Das hatte sie, die sich im Kinde wiederfinden wollte, nicht überlebt.

Frau Malchens Höchstes war freilich von jeher die Schönheit und die »Kunscht« gewesen. Da kam sie allerdings bei Vater Aaron selbst, sowie in seinem Tun und Treiben, Leben und Sein nicht auf ihre

14

Rechnung. Ihre heißen Wünsche und Sehnsüchte fielen ganz aus dem Rahmen des geschäftigen, streng und eng geführten Lebens im Hause Mahn. Der alte Aaron jedoch, der seine viel jüngere schöne Frau nicht gern andere Pfade hätte wandeln sehen mögen, als »zulässige«, erlaubte ihr, schlau und bequem, wie er zugleich war, alle Extravaganzen, die sie allein genießen konnte, und die ihr zugleich harmlos und dennoch prickelnd dünken sollten, ihm aber tauglich und angebracht erschienen für ihr etwas zu jugendlich überschäumendes Temperament. Sie konnte alle Konzerte besuchen, die sie wollte, sie konnte im Theater der kleinen Stadt die blonden und braunen Liebhaber anschwärmen, oder im Laden und in der Wohnung Tränen über irgendein unnützes Buch vergießen.

»Das koscht't nit so viel«, beschwichtigte er die Stichler und Hetzer aus seiner Familie, »müsst' ich bezahle mit meiner Ehr', wär's mehr, so sind's ä paar Grosche und sie is zufriede und ich auch.«

Also in ihren Gefühlen sanktioniert, schwärmte das schöne Malche für die meisten männlichen Mitglieder aller Truppen und Trüppchen, die ins Städtchen kamen, und in der in einen Musentempel umgewandelten, ehemaligen romanischen Kirche ihre romantischen Schauspiele und verkürzten »aktuellen« Lustspiele den hungrigen Kleinstädtern kredenzten. Auf diese harmlose Weise löste das Weib Aarons alle ihre unausgelösten erotischen Gefühle schamhaft und keusch aus. Dabei hielt sie streng dem Alten die eheliche Treue, stets demütig und dankbar und das bisschen böse Gewissen, das sie meinte haben zu müssen, gab ihr in den Augen des alten Fuchses einen Charme mehr, obwohl er gern bärbeißig und unwirsch tat, wenn er vom Theaterrennen und vom »Stuss« seiner Frau sprach. Ihr Tod ging ihm sehr nahe, da auch seine Eitelkeit mit im Spiel gewesen, und er sich gern prahlend neben ihr gezeigt hatte; er verkroch sich ganz ins Haus und ins Geschäft, während er sonst, besonders an hohen jüdischen Festtagen, mit dem Zylinder, das Malche schön geputzt, rauschend in Seide, auf der Promenade gewandelt war.

Jetzt kam er kaum vor die Ladentüre; selbst als das Rosinche so weit war, ihren Wünschen Ausdruck zu verleihen, und das war ziemlich früh, und beständig bettelte, »hörschde Date, nemm mich mit«, schielte er nur über die Brille auf die kleine Kreatur herunter, ließ sich aber nicht erweichen. Er hatte das Kind gern auf seine Art, aber ausgehen mit ihm? Wozu? Staat war keiner mit dem Rosinche zu machen. Erstens blieb's ewig ein Knirps und nichts wollte wachsen an ihm, nur die Nase und der Kopf, und dann ging es knipp – knapp, und er, der alles gern im Sturmschritt nahm, kam mit dem hüftenlahmen Kreatürchen nicht vom Fleck. Nein, er war nicht zärtlich und nicht von der Sorte:

»Ich und mein Knipperlknapp
Geh'n mer spazieren,
Geh ner her Knipperlknapp,
Lass dich schön führen.«

Das schöne Führen hatte er niemals verstanden, auch zu Malchens Zeiten nicht und außerdem – was hätte er denn mit dem kleinen Ding reden sollen? Vom Geschäft wusste es doch nichts. Das sollte nur droben bleiben in der großen Wohnstube, die, wie hinten die gute Stube, mit zwei Fenstern die ganze Front des engbrüstigen Hauses einnahm.

Unten war der Laden, daneben ein schmales Hinterzimmer und die Küche, im dritten Stock die Kemnate der alten Tante, die seit der Mutter Tod das Rosinchen betreute, das Schlafzimmer des Alten und des Töchterchens daneben, dazu eine Kammer für die Magd.

So waren in den drei Stöcken die Zimmer und Zimmerchen verteilt und Treppchen und Stiegen und Absätze und Nischen und Gänge gab es noch genug innerhalb dieses Winkelwerks, denn die Hinterzimmer lagen niederer als die Vorderzimmer, und außer der Treppe, die eng und schmal war und an den Ecken mit einem unerwarteten und energischen Ruck kehrtmachte, ehe sie weiter führte, bestanden noch Separathühnerleitern oder Stiegen von Stock zu Stock.

Das hatte für Frau Malche etwas sehr Heimliches und Romantisches gehabt, die alten Gänge und Stuben, in die ihr Mann so viel schönes und altertümliches Geräte hineintrug, aber das Rosinche sagte schon mit drei Jahren bestimmt und überlegen: »Ich möcht ä neu Haus; ich möcht ä schönes Haus und Plüschmöbel.« Ja, das Rosinchen hatte Ambitionen!

Als es anfangen sollte, in die Schule zu gehen, begann der Vater sich für das Kind zu interessieren. Wenn er mit ihm des Abends am Tische saß oder wenn er die Kleine im Ladenstübchen auf den Knien hatte und rechnen ließ, grinste er über das ganze Gesicht. Das war Fleisch von seinem Fleisch, Blut von seinem Blute! Und bald stand das Rosinchen im Laden hinter der Theke. Allerdings schauten nur ein paar graue, etwas hervorquellende Augen und eine große Nase über den Ladentisch, und man sah den zehn Fingern, die sich ans Brett krallten, die Mühe an, sich so weit oben zu erhalten. Aber die großen Augen wanderten und wanderten und ließen den Käufer nicht los, verfolgten ihn, wenn er etwas in die Hand nahm, wurden unruhig, wenn er handelte; ging er und hatte gekauft, so platzte das Rosinche heraus: »Was hat er gegebe for die Stiwwel?«

Ging er ohne zu kaufen, so verließ das Kind lautlos seinen Platz und in den grauen Augen war ein Ausdruck von Geringschätzung für den Vater.

Die Kleider Rosinchens behielten beharrlich den Geruch des Ladens, denn das kleine Mädchen war viel mehr unten wie oben.

Da das Hinterzimmer auch noch mit Waren, vornehmlich mit Stiefeln vollgepfropft und die Türe zwischen Laden und Hinterzimmer beständig in Bewegung war, hatte sich auch dort derselbe fatale Geruch festgesetzt, der im Laden dominierte, dem alten Mahn aber nicht mehr zum Bewusstsein kam, denn er kannte keine andere Atmosphäre, die sonntägliche Luft in den oberen Räumen schnaufte er misstrauisch ein und sie erschien ihm unzuträglich.

Überhaupt die Sonntage hasste er. Die benützte gewöhnlich die alte Tante, die sonst seiner nicht habhaft werden konnte, sich an ihn zu hängen wie eine Klette. Da begann sie von den zahllosen Krankheiten zu erzählen, die sie während der Woche überfielen, oder von den ebenso zahllosen früheren Mägden, die es durchaus nicht hatten einsehen wollen, dass das Haus Mahn ein Eldorado – oder – aber das war ein gefährliches Thema, über das Rosinche zu klagen, denn die alte Tante war weichen Gemütes und liebte das Kind, obwohl es, spottsüchtig und respektlos, einstweilen seinen Witz an der Alten ausübte.

Diese schüchternen Klagen aber passten dem Vater Aaron gar nicht, er war in dem Punkte sehr empfindlich; schön war das Rosinchen nicht, also musste es doch brav und gescheit sein. Jetzt war die alte Schaluppe schon so lange Jahre im Haus und wollte das nicht einsehen!

»Des steckt dich zehnmal in de Sack, gelt, des sind dein Schmerze?«, spottete er.

Im Grund war die alte Tante ebenso ehrgeizig und ebenso verliebt in das Rosinche wie der Alte. Es war doch sonst niemand da!

Schon lange dünkte ihr die jüdische Volksschule nicht mehr passend für das Talent des Kindes, und es verlangte ja auch selbst, herausgenommen und ins Institut getan zu werden.

»Es hat doch Ambitione!«, sagt vorwurfsvoll die Alte. »Des weißt de doch!«

»Stuss!«, brummte der Alte. »Werd se dort schöner, werd se dort größer, werd se dort gescheiter?«, aber er gab doch nach und, freudig erregt, von Ehrgeiz und Stolz gebläht, hickelte das Rosinche in das Institut, das Töchterschülche, wie Vater Aaron sagte.

Es war so klein geblieben, dass es noch gut in die erste Klasse der Volksschule gepasst hätte, die Nase zwar war mächtig gewachsen und das lange Kinn hing tief auf die schmale Kinderbrust herab. Die Haare pflegte die Tante in der Mitte zu scheiteln und dann mit solcher Wucht hinter die Ohren stramm zu kämmen und dort in zwei eisenharte Zöpfe zu flechten, dass es aussah, als sprängen gerade durch diese barbarische Prozedur die Augen so gar sichtbarlich und gewölbt aus dem Kopf hervor.

Für die Gassenbuben, und dazu war vor allem der Kampelmacherfritzl zu rechnen, war das Rosinchen schon lange ein beliebtes Objekt, beliebt und dankbar, denn es weinte nicht wie die andern Kinder, wenn es verschimpfiert wurde, oder lief auf und davon, sondern es schimpfte herzhaft wider, kräftig und abwechslungsreich, schimpfte wie ein Rohrspatz und, findig wie es war, blieb es den Angreifern nichts schuldig in Worten, und erfand obendrein noch die prächtigsten Namen für sie, sodass es oft die Lacher auf seiner Seite hatte.

Als es in einem neuen grasgrünen Kleide, das zu seiner fahlgelben Haut, Teint des Date Aaron, wundervoll stimmte, mit einem nicht nur angedeuteten, sondern ziemlich umfangreichen Reifröcklein, einen großen Herrenwinker mit strohgelbem wehendem Band auf dem Haupte – Geschmack der Tante – in die Töchterschule wandelte, wurde es in dieser neuen und erstaunlichen Equipierung von seinen Widersachern mit Hallo empfangen, mit Hallo eskortiert und mit Hallo an der Türe des Instituts abgeliefert.

Bis dahin hatte das Rosinchen geschwiegen, wohl aus einem unklaren Gefühl heraus, dass es sich für eine angehende Töchterschülerin nicht schicke, auf der Straße Krakeel zu machen. Vor der Pforte riss ihm aber doch die Geduld und es drehte sich ganz unerwartet um, streckte den Widersachern die lange, kohlschwarze Zunge entgegen, denn es hatte eben Schwarzbeerkuchen gegessen, riss blitzschnell die Schultasche vom Buckel, die groß und gewichtig aufs Wachsen berechnet war, packte sie beim einen Riemen und schlug herzhaft unter die Horde.

Resultat: Eine zu Tod erschreckte Pförtnerin, ein unsanftes Befördern ins Klassenzimmer, eine zürnende Standrede der Schwester Lehrerin, eine Anstandspredigt der herbeigeeilten Oberin zum Beginn; dann folgte eine lange Ermahnung, Drohung der Ausweisung – das Rosinchen war ja nur ein Judenmädchen – und ein Tränenmeer vonseiten der »kleinen Mahn« als Eintritt in das Institut. Beim Eintritt in das Klassenzimmer war das Rosinchen von den neuen Gefährtinnen fast mit demselben Hallo begrüßt worden wie auf der Straße von den Widersachern.

Still und langsam hickelte es, in seinem Krinolinchen einer kleinen wandelnden Glocke gleich, heim, nicht triumphierend, wie sich der eitle Date und die eitle Tante gedacht, sondern begossen wie ein Pudel, nicht strahlend die Girgengass herunter, sondern heulend durch die Gassen und Gässchen; daheim stand es noch ein Weilchen, ganz gegen seine sonstige kecke Art im Hausflur, bis es sich soweit ermannte, ins Hinterzimmer zum Vater einzutreten und dort seine Niederlage zu bekennen.

Der Alte setzte flugs seinen Ingrimm in Hohn um, weil ihm das besser passte und sich überlegener ausnahm, und da er das kleine Mädel in seinem großen und gerechten Schmerze nicht noch mehr kränken wollte, fiel er über die Tante her. Das war das Ende ihres verfluchten Ehrgeizes und ihres bornierten Geldausgebens!

»Da hascht dein Töchterschülche! Da hascht dein grasgrünes Kleid! Da hascht dein gelbe Hut!«

Die Alte zitterte vor Erschütterung, kniete sich vor das heulende grasgrüne Idol hin, das von Zeit zu Zeit vor Wut stampfte, suchte es zu trösten, obwohl es fest auf die liebkosenden Hände schlug; sie schwur trotzdem, von nun an alle Ströme ihrer Liebe über das arme Kind zu ergießen. Ja, sie liebte es, sie liebte es unbändig in dem Augenblick, wo man gewagt hatte, es so zu misshandeln. Ihr Goldkind, ihr Sonnenstrählchen so zu kränken!

Da die alte Dame »latschte«, lautete ihr Rosinche ungefähr wie »Lochchinche« und ihr Sonnenstrählche wie »Chlonnenchltrählche«.

Aber das Chlonnenchltrählche wollte nichts von ihrer Zärtlichkeit wissen. Sie war an allem schuld, nur sie, und das Rosinche riss das grasgrüne Kleid herunter und spuckte darauf:

»Da, da, tu's fort! Mach, mach!« – Erst als der Staat verschwunden war, wurde es ruhiger, aß, in seinem weißen Unterröckchen, dem weißen Piquéleibchen, den Herrenwinker auf dem Kopf, noch immer sehr feierlich und feiertägig anzuschauen, mit am Tisch im Ladenzimmer, bekundete nach und nach sogar Interesse an den Kunden, die während der Tischzeit kamen, indem es aufhüpfte, sich auf die Zehen stellte, den Vorhang lüftete und mit großen runden Augen die Vorgänge draußen im Laden überwachte.

Die Tante Mine, selig, dass der alte Aaron nicht mehr schimpfte, und der die Sache erledigt schien, schwätzte ununterbrochen darauf los, nur damit die fatale Geschichte nicht wieder berührt wurde. Die war aus und begraben, schimpflich, glimpflich.

Als es gegen halb zwei ging, sah der Alte angelegentlich und immer angelegentlicher nach der Uhr, über den Hornkneifer hinaus auf das Rosinche und zuletzt auch auf die Tante Mine.

»No, werd's bald?«, frug er.

»Ja, was dann?«, fragte die Tante und kriegte es mit allen Schrecken. Das Rosinchen wurde blass, wie ein langer grauweißer Käsleib sah sein Gesicht aus, es sprang von seinem Stühlchen herab und stand zur Flucht bereit.

»Was dann, was dann?«, spottete der Alte nach. »Anstellerei! Als fort in die Schul!«

»In die Schul?« – und Tante und Nichte fingen zu gleicher Zeit ein Gezeter an, bei dem hauptsächlich das Chlonnenchltrählche sich krampfhaft hervortat.

Nein, nein, nein, sie ging nicht und der Vater wäre gescheit genug, das einsehen zu können, dass das nichts für sie wäre, lieber sollte er sie totschlagen.

Diesmal gab aber der Alte nicht nach; er hielt das quickende Rosinchen fest bei der Hand und kommandierte: »Kleider her!«, er hing ihr den großen Schulranzen, zum Hineinwachsen berechnet, auf den Rücken, die Tante setzte ihr weinend den alten schwarzen Strohhut auf, dass sie das Chlonnenchltrählche nicht segnete bei seinem Auszug, war alles.

Der Alte setzte sich selbst in Trab und das Rosinche musste wohl oder übel mit.

»No, was wär denn des, die Flint glei ins Korn zu werfe! Ich hab vorausbezahlt und die Zeit sitzt se mir ab.«

So handelte der alte Aaron ähnlich den Bauern, die, um nichts umkommen zu lassen, was viel Geld gekostet hat, die Medizin nach dem Tode eines Familienmitglieds trinken; das Rosinche musste das Geld im Töchterschülche absitzen, ob ihm die Sache schmeckte oder nicht.

Der Date hielt das Kind fest bei der Hand, da half kein Sperren und kein Stemmen; in seinem alten schwarzen Ladenkittel, den Hornkneifer auf der Nase, barhaupt, führte er das widerspenstige Mädel vor die Pforte des Instituts.

Diesmal folgten die Gassenbuben, deren größte Anzahl die Paradeis- und die Langegasse stellte, in gemessener Entfernung, aber das Johlen ging nicht aus, bis der Aaron das Rosinche der Schwester Pförtnerin übergeben hatte und es für die Rangen die höchste Zeit war, in der altersbraunen Türe der benachbarten Knabenschule zu verschwinden. Der letzte war natürlich der Fritzl, der Vevi Glocke Sohn, denn nie pressierte es ihm in die Schule. Alles war ihm wichtiger, denn Stillsitzen und Lernen. Nicht einmal die Person des alten Aaron war ihm heute heilig gewesen, er hatte den Lehm, den er zufällig in der Hand trug – und er trug stets etwas zufällig in der Hand – gleichmäßig auf den kaftanartigen schwarzgrünen Lüsterrock des Aaron Mahn, wie auf das graue Mixkleid des Rosinchens verteilt, wo er besonders schön sitzen blieb, weil das Krinolinchen eine entgegenkommende gefällige Wendung machte. – –

Auch der Nachmittag war kein Triumph für die Tochter Aarons, wieder kam sie durch die Gässchen heimgeschlichen und es gab von nun an Tag für Tag Proteste und Tränen.

In der jüdischen Volksschule war das »Lochchinche« eines der angesehensten Kinder gewesen, war die Gescheiteste, stets mit dem Finger in der Luft, immer aufspringend wie ein Gummiball, weil es alles wusste, immer belobt und bevorzugt, hochmütig und voller Verachtung auf die andern herabsehend, auf die Fauleren, die Dümmeren, die Ärmeren. Dort war sie Herrscherin, hier die Geduldete, die kleine, krumme, hinkende Jüdin, die mit zu wenig Vorbildung in die Töchterschule kam, mit der sich niemand Mühe gab, und die deshalb nichts nachholte, die stecken blieb, wenn sie schon etwas wusste, weil alles lachte, ehe sie anfing; hier war sie die Vereinsamte, ja fast die Gemiedene. Wenn man mit ihr sprach, geschah's stets mit Herablassung und in überlegenem Ton; auch die Klosterfrauen, die Lehrerinnen, machten es so, nur war ihr Ton noch gönnerhaft dazu. Rosinchens Keckheit, ihr rasches und böses Mundwerk, ihr heller Kopf waren beim Kuckuck, wenn sie mit den »Chrischdekindern« in der Bank saß. Sie war wie ausgewechselt, und daheim war erst recht der Teufel los, so schlechten Humors war sie immer.

Der Date brachte sie in der ersten Zeit stets selbst zur Schule, später musste Tante Mine die Eskorte bilden, aber es war schon oft vorgekommen, dass man das Kind zur Schulzeit am Morgen vergebens suchte.

Mäuschenstill hatte es sich an einen Ort geschlichen, den zu betreten man ihm keinesfalls verwehren konnte, hatte dort den Riegel vorgeschoben und weder Bitten noch Drohungen hatten es zum Öffnen veranlassen können. Der Alte merkte nichts, nur Tante Mine stand leise flehend vor der geschlossenen Pforte und brauchte alle Listen: »Bitt' dich, Lochchinche, mach uff! – Der Date kommt. – Und ich will doch chlelbst –« – Aber alles blieb totenstill. Die Tante rüttelte mit Vorsicht: »Hörchlte, ich will doch chlelbst!«

Da tönte ein Stimmlein mit unterdrücktem Kichern heraus:

»So geh halt in de erschte Stock!«, womit Tante Mine aus dem Feld geschlagen war.

Einmal kam aber doch der Date an die verriegelte Türe, und da setzte es Prügel, die ersten. Die nahm das Rosinchen, mit seinem klugen Kopf überschlagend, dass es verdiente waren, schweigend hin, aber der Hass auf das Kloster und die Chrischdemädcher wuchs.

Verstockt, wortkarg, aber gelegentlich doch wieder frech und ungezogen, unmanierlich wie ein Gassenkind, anders kannte man die »kleine Mahn« nicht im Institut.

Allmählich gewöhnte man sich wohl an sie, das heißt, man übersah sie. Keines der Mädchen machte sich etwas aus ihr oder ging mit ihr nach Hause, in der Pause warfen sie ihr kaum ein paar Worte zu.

Da war nur ein großes, plumpes, unbeholfenes Ding vom Lande mit wasserblauen Augen und einem Gesicht wie aus Kartoffeln gemacht, das fühlte sich in seinem dumpfen Drange zum Rosinchen gezogen. Es war fast ebenso gemieden wie die »kleine Mahn«, war wortkarg, unsicher und wurde auch übersehen. Es kam von einer Landschule und alles, was es hörte, waren ihm böhmische Dörfer. Außerdem trug es auch noch eine Krinoline wie das Rosinchen und dazu stets ein weißes dreieckiges Halstüchlein, womit es von Anfang an der Spott aller besseren Mädchen war. Da es Lina hieß, brachten ihm die Kinder, die stets erbarmungslos treffsicher und grausam sind, den Spitznamen »Krinolineline« auf, und es verstand sich von selber, dass die Krinolineline und das Rosinchen zusammengehörten und eine oder mehrere Stufen tiefer standen als sie selbst.

Die Krinolineline wurde von ihrem »Herrn Onkel« ins Institut geschickt. Da der Herr Onkel aber nur ein armer Benefiziat war, der sich um die Waise angenommen, und kein Dekan, geistlicher Rat oder etwa ein hübscher junger Katechet, da sie noch dazu auf Fürbitten hin einige Stunden unentgeltlich bekam, machte man im Kloster durchaus nicht etwa so viel Federlesens mit ihr, wie man es mit der Nichte des Dekans tat, und als später der alte Benefiziat starb und sich niemand meldete, der das Schulgeld hätte weiter bezahlen können, wurde die Line sofort ohne viel Umstände vor die Türe gesetzt.

Ihre Beziehungen zum Rosinche hatte sie aber doch angeknüpft, und als die Tochter Aarons nach dem Absitzen ihres Schulgeldes das Töchterschülche verließ, verbanden sie noch immer Freundschaftsbande mit der dicken Line, die in der Stadt verblieben war.

Der gute Onkel Benefiziat hatte nämlich ihr und seiner alten Haushälterin sein kleines Vermögen hinterlassen, und die Line blieb, da sie keinen Menschen hatte, bei der Alten und begann eine Nähschule zu besuchen, damit sie sich späterhin etwas verdienen könne.

Des Sonntags Nachmittag aber war ihr gewöhnlicher Gang zum »Herrn Mahn«, wo sie sich nie anzuläuten oder gar an irgendeiner Türe anzuklopfen getraute, sondern bewegungslos und steckensteif im Gang stehen blieb, bis irgendjemand auf sie stieß.

Das Rosinchen, von ihr zärtlich Rosinerl genannt, wusste ganz genau, dass am Sonntag in irgendeinem Winkel, im Gang oder auf der Treppe die Line stand und sehnsüchtig darauf wartete, entdeckt zu werden; es bereitete ihm aber ein ganz besonderes Vergnügen, sie nicht zu entdecken, ja, sie hielt sogar die Tante ab, wenn diese nachsehen wollte.

»Lass das Stöckl stehe«, sagte sie (die Line hieß Stock), »und pass auf, wie lang's stehe bleibt.«

Einmal hatte sie es sogar über das Herz gebracht, die Line bis zum Dunkelwerden in der Kälte stehen zu lassen und dann erst herein zu holen; freilich überschüttete sie sie herinnen dann mit Liebenswürdigkeiten und konnte ganz unbefangen tun. Nie sagte sie: »So läut doch, Line«, oder »Warum klopfst du nicht?«

Die Befangenheit und Devotion des Stöckels, die sie um jeden Preis erhalten wollte, gaben ihr die Harmonie und das schöne Gleichgewicht der Seele wieder, die ihr das Töchterschülche beinahe geraubt hätte.

Linens unbedingte Ergebenheit, ihre Bewunderung der viel klügeren Freundin, ihre gänzliche Unterordnung machten sie wieder zum alten Rosinchen, das den Glauben an sich wiedergefunden hatte.

Eine Eigenschaft der Line aber konnte das Rosinchen nicht leiden, sie aß zu viel. Wie ihr nur stets der Kaffee mit dem gemandelten Kuchen schmeckte! Ein Stück, zwei Stück, das kann man sich ja noch gefallen lassen, aber beim ersten schielte die dicke Line schon aufs zweite und beim zweiten nach dem dritten, streckte auch wirklich die Hand danach aus, doch die Rosine war schneller und packte sie fest und streng beim Handgelenk.

»Es langt jetzt, du kanscht satt sein.«

Der Line blasses Kartoffelgesicht rötete sich und sie schämte sich furchtbar, sich so vergessen zu haben. Der Tante Mine kamen fast die Tränen: »Aber Chlonnenchltrählche, so lachs's ihr doch!« Rosinche dagegen unerbittlich: »Die is satt.«

Beim Fortgehen drückte Tante Mine der Line stets noch ein in Zeitungspapier gewickeltes Stück Kuchen heimlich in die Hand, trotz der Argusaugen des Chlonnenchltrählche, denn etwas heimlich halten, etwas heimlich tun, darin war sie dem Rosinche weit über, das alles herauspoltern und herausschreien musste:

»Es kriegt sonscht en Kropf«, meint der alte Aaron.

War schönes Wetter, so gingen die zwei Kameradinnen gewöhnlich spazieren. Die Line mit ihrem wehmütigen dicken Gesicht, das aber doch stets aussah, als lache sie, groß, eckig, mit schon knospendem Busen, den die Ziehmutter fest in ein blau und schwarz kariertes Kleid (Winter und Sommer zu tragen) eingepresst, und das kleine, humpelnde Rosinchen mit den Bollaugen, dem langen gelben Gesicht und dem grünen Sonntagsstaat, beide in Krinolinen, die, einige alte Damen und Jungfrauen älterer Semester ausgenommen, niemand mehr sonst trug.

Bei Regenwetter und im Winter blieben sie meistens im Hause und hatten stets Gesprächsstoff und verstanden sich stets.

Beide waren im Vorhof des Wissens stehen geblieben, und beiden war der Drang gemein, weiter zu lernen und gebildet zu werden. Die Line war unbeholfen, täppisch eifrig dabei und wahllos schwärmerisch, die Rosine praktisch, systematisch fast, aber mit einem kleinen Einschuss von Fantasterei, Erbe der Mutter. Dieser Einschuss bekundete sich bei ihr vorderhand in einem starken Hang nach Marionettentheater, Seiltänzerbuden, wandernden Truppen aller Art und Romanen obskurer Herkunft. Was die zwei überhaupt zusammenlasen! Und mit welchem Überschwang in Gefühl und Sprache sie alles wiedergaben, davon sprachen und darüber seufzten!

Der Alte ließ das Rosinchen gewähren, ganz wie er das schöne Malchen hatte gewähren lassen, ja er war mit dem werdenden Jungfräulein noch sorgloser, witterte er doch heraus, dass das alles nicht allzu tief saß bei dem Rosinchen: »'s is ä Pubertätsrummel«, sagte er, und schmunzelnd gestand er sich ein, dass hinter all den Dummheiten ein reeller Kern stecke, ein kalkulierender Kopf, sein Kopf.

Er durfte sie ja nur im Laden sehen! Hinter den Kunden her wie ein Geier, die Augen überall, den Vorteil fest in der Hand, hatte sie sich jetzt mit ihren vierzehn Jahren schon hinter die Buchhaltung gemacht und führte die Bücher, nachdem er sie nur ein wenig eingewiesen, prächtig, sauber, ordentlich und peinlich.

Hie und da gelüstete es ihn, sie ein wenig mit dem Institut zu necken: »Rosinche, es is schad, dass du hast die Wissenschaften nit studiere wolle! Dein Kopf wär danach gewese!«

Da kam er aber schön an! Das war etwas, was sie noch nicht verwunden hatte. Ihr ganzer Zorn auf das Kloster und die Mitschülerinnen und ihre heftige Sehnsucht, so sein zu können, so viel zu wissen und zu gelten wie diese, kam heraus, und sie konnte kein Ende finden mit Schimpfen und Anklagen und Schmähreden, sodass sie der Alte erst mit bösen Worten zurecht weisen musste, ehe er sie dazu bringen konnte, dem Sturzbach ihrer entfesselten Wut Einhalt zu tun. Auch zwischen dem Stöckel, der Line und ihr bewegte sich, wenn auch weniger leidenschaftlich und eruptiv, das Gespräch in ähnlichen Gleisen. Die Line empfand ihre Halbbildung ebenso schmerzlich wie das Rosinche. So hockten die zwei immer wieder beisammen und suchten zu lernen. Bei dem wahllosen Durcheinander ihrer Lern- und Bildungswut wurde die Line immer überspannter und sentimentaler und trug einen Tumult von Gefühlen in dem in das schwarz und blau karierte Kleid eingepressten Busen. Das Rosinchen wurde herrisch und eingebildet und zu Zeiten, wenn es die Unzulänglichkeit ihrer Bestrebungen einsah, zänkisch und unleidlich, ja despotisch, und es bedurfte wahrlich der schwärmerischen Hingabe der Line, die stets zur Bewunderung bereit war, es mit dem Chlonnenchltrählche auszuhalten.

Während sich also die zarten Freundschaftsbande zwischen der kleinen Mahn und dem Stöckel erst im Alter beginnenden Jungfrauentums knüpften, »auf der Schwelle vom Kinde zur Jungfrau«, wie die Line schwärmte, hatte ihr keckster und eifrigster Widersacher, ihr Verfolger, der stets hinter ihnen drein schrie: »Chlonnenchltrählche, süßes Rosinerl, Krinolineline!«, der Held Fritzl natürlich, – geboren, zwar nicht im Stalle zu Bethlehem, aber beinahe in einem Stalle und beinahe von einer Jungfrau – sich schon in der ersten Schule, also mit sechs Jahren, seinen speziellen Freund erwählt, den hinkenden Maxl.

Und damit tritt der dritte Held auf (o armseliger Held!) – wenn wir die Krinolineline nicht etwa auch als Heldin rechnen wollen – der hinkende Maxl von der Paradeisgass. Dem hinkenden Maxl war es nicht an der Wiege gesungen worden, dass er dereinst im Jünglingsalter die Glockenstränge in der Pfarrkirche seiner Vaterstadt ziehen, und sich an die Stricke, die von den widerspenstigen Blasebälgen der großen Orgel herabbaumelten, würde hängen müssen. Denn er war aus adligem Geblüt und ein paar Stunden lang – oder war es nur eine Viertelstunde? – ausersehen, Herr von Lohberg auf Lohhof zu werden.

Sohn einer bildhübschen Wäscherin und des schon etwas ältlichen Barons von Lohberg, träumte seine Mutter die ausschweifendsten Zukunftsträume für ihn und für sich, denn der Baron, über alle Maßen verliebt, hatte ihr so etwas wie die Ehe versprochen.

Aber wie es so geht, »wie der Teufel seine Hand im Spiele hat«, wie die kleine Wäscherin sagte, kam es ihr in den Sinn, dem Maxl noch einen Bruder zu schenken, ehe die Ehe mit dem Baron geschlossen, während dieser, um vorher noch einmal seine Freiheit zu genießen, auf Reisen war, und – – aus war der Traum mit der Baronin.

»Mein liebes Kind, nun ist die Chose zwischen uns selbstverständlich ex«, sagte der Baron merkwürdig frostig für ihr Empfinden und sehr Herr der Situation.

Die kleine Wäscherin verstand zwar die Worte nicht ganz genau, wohl aber den Sinn, und da sie im Augenblick etwas »baff« war, heiratete sie Hals über Kopf den Schuster, der ihr dazu verholfen hatte, dem Maxl einen Bruder schenken zu können.

Meister Knieriem hatte weiter keine Hochachtung vor dem adligen Sprössling, er behandelte sein eigen Fleisch und Blut nicht gerade delikat und passte gleich gar nicht auf, wohin die Hiebe fielen, wenn sich's um den unerwünschten Mitesser adliger Abstammung handelte.

Als ganz kleiner Junge war der Maxl einmal in heilloser Furcht vor den Hieben des Vaters flüchtend, über das Podium, auf dem der Meister thronte, ungeschickt gestürzt, hatte über den Schmerz, den ihm der Sturz verursacht, geschwiegen, und war nur ein paar Wochen zwischen den Kissen geblieben, weil er nicht laufen konnte. Einen Arzt zu holen fiel niemanden ein, der Maxl selber hätte sich gewiss nicht getraut, auch nur einen Muckser deshalb zu tun. Als er aufstand, war er der hinkende Maxl und der blieb er all sein Lebtag.

Viel Wesens wurde aus der Hinkerei nicht gemacht, der Alte lachte ihn aus und die Mutter war verwundert.

»Schau, schau, jetzt hinkst ja gar«, meinte sie, dann ging man wieder zur Tagesordnung über. Da schon drei Rangen umherliefen und ein Kleines in der Wiege schrie, hatte niemand Zeit, sich um solche Lappalien zu kümmern, denn jedes hatte alle Hände voll zu tun. Der Meister musste den ganzen Tag hämmern und klopfen, um die Mäuler all der Menschen und Menschlein zu stopfen, und die Frau musste sich tummeln, um sie leidlich zu waschen und zu bekleiden. Zum ganz Bekleiden langte es sowieso nicht, besonders beim Maxl. Wer würde sich denn auch besonders um den Maxl kümmern?

Er war zwar der Mitverdiener, denn das Kostgeld, das der Baron schickte, war reichlich und traf prompt ein. Aber es kam hauptsächlich den andern zu gut, für den Maxl reichte es immer nicht mehr recht.

Von »Montur« war schon gleich gar keine Rede. Wenn's nur am Körper hielt, das war das Ausschlaggebende. Ob's lang oder kurz, dünn oder dick, ganz oder zerrissen war, beschwerte die Gemüter der Eltern nicht, es fiel auch in der Paradeisgass durchaus nicht auf und dem Maxl selber kam schon gar kein Gedanke darüber. Er wusste ja von nichts anderem und die übrigen Rangen, die mit ihm im Staub herumkrochen oder im Sand wühlten, oder die, die hordenweise die Paradeis- und die benachbarte Langegasse unsicher machten, sahen um kein Haar anders aus als er, die größere Anzahl war sogar gekleidet richtig wie im Paradiese, besonders zur Sommerszeit.

Wäre das Gezänk der Weiber und das Geschrei der wilden Paradieseshorden nicht gewesen, man hätte wirklich an eine paradiesische Idylle glauben können, so unberührt von dem Leben in den Straßen draußen blieb das kleine Gässchen, an dessen Ende das graue Tor mit dem grotesken Spitzdach stand, flankiert von den Stadtmauern mit ihren Schießscharten und alten Kugelnarben. Über die Mauern schauten die grünen Alleebäume, es sah aus, als ob es immer so weiter ginge im Grünen. Von fern hörte man das Gemurre des Stadtbaches an dem Wehr der Obermühle, ein Wagen kam nie durch die Gasse, dazu war das Pflaster zu holperig und der Weg zu eng. Wie in einem Dorf, so leer und still konnte es zu Zeiten aussehen, wenn die Kinder des Paradieses gefüttert wurden und die Megären, die die Wächter dieses Edens ohne flammende Schwerter darstellten, auch mit dem Munde etwas anderes zu tun hatten, als einander oder einen ahnungslosen Fremdling, der sich hineinverirrte, durchzuhecheln.

Die Tage glichen sich und der Anblick eines fremden Gesichtes, sei es Mann, Weib oder Kind, versetzte die ganze Paradeisgass in Aufruhr.

Wie groß war erst der Aufstand, als einmal am Eingang der Gasse ein Wagen hielt und Versuche machte, in das enge, gewundene Gässchen mit seinem buckligen Pflaster einzudringen! Nicht nur ein Wagen war's, ein gewöhnlicher Wagen, nein, eine Herrschaftskutsche mit einem Wappen an der Türe, einem feinen Kutscher auf dem Bock und einem Diener, der einen rehfarbenen Rock anhatte bis auf den Boden hinunter, der den Wagenschlag öffnete und ein »Buckerl« machte so tief, wie man's gewiss nur vor »Heil unserm König, Heil« tat!

Im Nu wimmelte es wie in einem Ameisenhaufen in dem engen Gässchen, im Nu waren alle Fenster geöffnet, obwohl es schon herbstlich kühl war, und der Wind die dürren Blätter von den Bäumen herein bis vor die Türschwellen wehte.

»An Eklibasch«, schrien die Rangen und tanzten auf und ab, und die fantasiereicheren riefen: »A königliche Eklibasch!« Alle Fenster waren besetzt, ungewaschene alte und junge Weiber mit strähnigem Haar hingen heraus, sämtliche in farbigen Nachtkitteln, wer zur Hautvolée des Paradieses gehörte, wohl auch in weißen, was immer etwas gemissbilligt wurde, weil es Überhebung anzeigte.

Wie ein Lauffeuer ging es durch die Gasse: »Zum Schuaster Greiner wollen's!«, denn nach dem hatte der Bediente gefragt, und da einer der Buben des Meisters gerade auch anwesend war, lief der wie besessen die Gasse hinunter, heim, und schrie gleich zur Haustüre herein: »Laou dir sag'n, Vater, an Eklibasch kimmt zu uns!!«

Der Meister, der der Märe nicht traute, trat kopfschüttelnd vor das Haus, aber die Mutter, ahnungsvoll, käseweiß vor Aufregung und gerade in keiner Verfassung, die sie zur Hautvolée der Paradeisgasse stempelte, kriegte den überraschten Maxl beim Grips, zog ihn aus dem Laden in die Nebenstube, wo sie zuerst ganz entgeistert hin und her rannte und ihm nur immer mit ganz veränderter, fast heiserer Stimme zurief: »Maxl, jetza nimm di z'samm, jetza nimm di z'samm!«

Der Maxl, verschüchtert durch das aufgeregte und ungewohnte Wesen der Mutter, stand steif wie ein Opferlamm, ließ sich die Kleider stückweise vom Leibe reißen – allzu viel waren es ja nicht – ließ sich die Sonntagshose des kleineren Bruders anziehen, er selbst besaß keine, in die Joppe einpressen, die ihm am Halse mit fieberhaften, aber dennoch resoluten Fingern zugehakt wurde, obwohl es viel Kraft kostete, denn der Stehkragen war zu eng, und der Hals ergab sich erst, nachdem er einige Falten gemacht. Freilich fuhr der Maxl sofort mit zwei Händen nach oben, aber die Mutter drohte: »Du untersteh di nur!«, ganz leise sagte sie's, denn draußen hörte man schon fremde Stimmen, aber ihre Augen sahen dabei aus, als wollten sie den Maxl an die Wand nageln.

Dann wurden ihm die »Haferlschuh« eben desselben Bruders an die Füße gezwängt, dass die groben, grauen Wollstrümpfe mit zwei traurigen Blasen über den Rand der Schuhe standen. Die Mutter erwischte in ihrem irren Hin- und Herlaufen einen Lappen, mit dem sie ihm übers Gesicht fuhr, wobei sie besonders die Nase aufs Korn nahm. Da aber durch irgendeinen Zufall der Lappen voll Sand war, protestierte der Maxl, was leider zur Folge hatte, dass nur noch hingebender gescheuert wurde, bis ein seltener und intensiver Glanz auf seiner graugelben Haut erschien. Ferner schwebte noch, zwar kein Damoklesschwert, aber ein grobzähniger Kamm über seinem Haupte, dessen Zähne sich mit solcher

Vehemenz in seine farblosen schütteren Haare eingruben, wie wenn sie Furchen im Kopf zu hinterlassen bestimmt wären.

Da ward auch die Türe schon aufgetan und Meister Greiner mit rotem, konfusem Gesicht und zerwühltem Haar darüber rief herein:

»Den Maxl möchten die Herrschaften sehen, tua ihn außer, Lieserl!«

Das Lieserl, die Meisterin, schob den Maxl vor sich her und getraute sich in der Stube gar nicht, die Augen aufzuschlagen. Nur von unten her warf sie die Blicke nach der anwesenden stattlichen Dame, deren Röcke bei jeder Bewegung wie Seide knisterten, während sie doch erstaunlicherweise nur ein hellgraues Wollenkleid trug; noch ängstlicher schaute sie auf den Herrn, den sie beinahe nicht mehr erkannt hätte, dessen Haar schon dünn und dessen Bart grau geworden war.

Ach Gott! Ach Gott! Die Tränen stürzten ihr aus den Augen und fieberisch und dabei unbeholfen, in Seelennot und Spannung wischte sie Stuhl um Stuhl mit der Schürze ab, in fliegender Hast und in der Pose: »O Herr, ich bin nicht würdig, dass du eingehest unter mein Dach, aber sprich nur ein Wort«, doch niemand machte Miene, die Stühle benützen zu wollen, und niemand achtete ihrer, nachdem die Baronin einmal einen kleinen maliziösen Seitenblick nach ihr getan.

Vor der Türe stand der Bediente Schildwache, damit die Menge, die die vornehmen Herrschaften bis dahin begleitet hatte, nicht hereinflute.

Der Meister hatte jetzt ganz die Stellung eines Impresario angenommen, gefasst, würdig, fast überlegen, seit er sich von der tadellosen Equipierung des Maxl überzeugt hatte.

Maxl selbst, der Held des Ganzen, stand mit einer Armensündermiene mitten in der Stube vor der seidenrauschenden Dame und dem exotisch riechenden Herrn; er hatte das deutliche Gefühl, dass man ihm im nächsten Augenblick die Joppe aufknöpfen, und dass dann sein wüstes, schmutziges und zerschlissenes Hemd offenbar würde.

Darum starrten seine wasserblauen Augen angstvoll auf die große starke Dame, während die roten, knotigen Kinderhände mit den knochigen Gelenken, die viel zu weit aus den kurzen Joppenärmeln heraussahen, sich hilflos an der Hose einzuhalten suchten.

Die stattliche Baronin ging wortlos um ihn herum.

Ja, da stand er, recht wie ein verscheuchtes, verprügeltes Hündchen, das verkauft werden soll, und das man gern besser machen möchte, als es wirklich ist. Er senkte wie schuldbewusst den schmalen, melancholischen Kopf.

»Listig, feige, verschlagen«, konstatierte die Baronin, und »Ähnlichkeit?« – sie zuckte die Achseln und, ihr langstieliges Lorgnon vor die Augen haltend, tippte sie mit der linken Hand auf Maxls Schulter, ein paarmal, ermunternd zuerst und dann energisch, dass er sich drehen möge.

Ungeschickt, hinkend und humpelnd tat er's endlich, da brach sie in ein belustigtes Lachen aus, denn sie war eine Dame von Humor, schüttelte amüsiert den Kopf, prustete noch ein bisschen und sagte dann:

»Edgar, ich bitte dich, schau ihn doch genau an! Das ist Rasse! Hast du noch Lust?«

Der Baron machte eine geringschätzige Bewegung mit der rechten Hand, deren Fläche er etwas nach außen hob, nachdem er einen Anlauf, die Achseln zu zucken, aufgegeben hatte, verzog den Mund, ohne ihn zu öffnen und ging, seinen Hut etwas mehr in die Stirne rückend. Das war sein Abschiedsgruß dem Meister und der Meisterin gegenüber, während die Baronin das Lorgnon fallen ließ, das fette weiße Kinn auf die Brust drückte und lächelnd, ein paarmal nickend, an dem Bedienten vorbei, der mit unergründlichem Gesicht die Schusterstüre offen hielt wie die eines Salons, rauschend und grüßend abzog, durch das Volk des Paradieses, das vor ihr fast Spalier gebildet hatte und hinter ihr drein lief, bis sie in dem dunkelblauen Wagen mit dem diskret roten Wappen verschwunden war; fast hätte man ihr noch ein »Hoch« nachgerufen.

Drinnen schüttelte sie amüsiert, ein bisschen spöttisch dazu den Kopf. Die Adoption war also gründlich misslungen, und sie wollte eben dem Gatten eine scherzhafte Bemerkung darüber machen, als sie sah, dass er die Augenbrauen finster und geärgert zusammenzog; da schwieg sie, denn sie war nicht nur eine Dame von Humor, sondern auch von Takt, und die Hände in den tadellosen grauen Dänen faltend, legte sie sich im Coupé zurück, gähnte ein paarmal und blieb im Halbschlaf, bis der Wagen wieder hielt.

Für den perplexen und ergrimmten Schuster, den furchtsamen Maxl und die bebende Mutter war die Sache nicht so schnell, nicht so ruhig und nicht so wortlos erledigt. Besonders für die Mutter nicht. Sie schämte sich, sie schämte sich so sehr! Sie hatte plötzlich das Gefühl einer unerhörten Demütigung. Sie hätte die elegante graue Dame ohrfeigen mögen.

Sie, ja sie, das Liserl, hätte an dieser Stelle stehen sollen, sie hätte in diesem Coupé sitzen und die seidnen Röcke tragen sollen! Und in ihrer Verwirrung, Erbitterung und Demütigung war's ihr, als sei der Maxl an allem schuld. Diese zweite Enttäuschung war viel schlimmer als die erste. Da war sie jung gewesen, frisch, hübsch und leichtsinnig und hatte sich schnell mit dem Meister getröstet, der jünger war als der Baron, und der sie sicher heiraten wollte. Jetzt war das Glück so plötzlich gekommen und ebenso plötzlich vor ihren Augen wieder versunken.

Blass vor Wut und heulend stürzte sie sich über Maxl her: »Uns alle bringst du ins Elend, was bist denn so a Kerl!«, mehr brachte sie nicht heraus.

Die heulende Frau kam aber dem ergrimmten Schuster wieder gerade recht. Es geht doch nicht an, seinen Zorn lediglich durch Zufeuern der Türen und Schimpfen allein zu besänftigen. Das besorgt die Sache auch nicht gründlich genug, und irgendwo musste er doch heraus, nicht wahr?

Und plötzlich überkam ihn eine grenzenlose Wut über ihre voreheliche Untreue, die ihm jetzt diese Schande und den Spott des ganzen Paradieses dazu einbrachte, und er züchtigte seine Frau für die vor der Ehe begangene sinn- und zwecklose Untreue, ganz vergessend, dass er es war, der sie um alle Chancen gebracht hatte.

Fortwährend stieß er heraus: »Des hat ma jetzt davon, warst g'scheiter g'wen; i kann mi amal net an die Existenz von den Buam g'wöhnen und a jeder Christenmensch wird mir recht geben«, obwohl er ihn doch anstandslos mit in Kauf genommen hatte.

»Du hast ja nix danach g'fragt«, wimmerte die Frau.

»Wer fragt denn bei an bildsaubern Madl um a sechtene Kleinigkeit«, lenkte der Meister ein, »aber wenn sie a g'schlampets Weib worden is, fragt oaner schon danach.«

Ja, das war sie nun allerdings geworden, »a g'schlampets Weib«; zerrauft und stets halb gewaschen, im traditionellen Kleidungsstück des

Paradieses, der farbigen Bettjacke, entweder ein Kind an der Brust, oder eines erwartend, so schlurfte sie im Hause umher.

»Du warst a Baronin word'n, du taugest dazua!«, höhnte Meister Greiner, die Meisterin heulte nur immerzu und es war ihr, als müsste jetzt der Himmel über ihr zusammenstürzen.

Die Aufregung nach dem baronlichen Besuch, der ein undefinierbares Parfüm in der Schusterstube zurückgelassen, das sich sogar siegreich gegen den Ledergeruch behauptete, blieb nicht die einzige.

Immer von Zeit zu Zeit in den nächsten Wochen gab es Augenblicke, wo die edle Seele des Meisters Knieriem aufschäumte und »wallte«.

»Kruzitürken, könnten mir dastehen, wenn der Kerl an anders G'stell g'habt hätt! Der wenn mein g'höret, der schauet anders aus, auf und der Stell hätten's den adaptiert.«

Niedergedrückt und schuldbewusst schlich die Schusterin umher. Ihre Zuneigung zu Maxl mehrte sich nicht, auch die des Meisters keineswegs. Nur als Maxl in die Schule kam, reckte sich sein Stolz mächtig auf. Jetzt wollte *er* den Vater zeigen, jetzt war Gelegenheit gegeben, sich als ein Mann von Größe und Vorurteilslosigkeit zu zeigen.

Obwohl der Maxl seiner Gebrechlichkeit halber nicht einmal zum Kinderwarten zu verwenden war, ließ er sich als Vater nicht lumpen, sondern machte ihm aus einem derben Stück Leder ein Paar Schuhe, die aussahen, als müssten sie noch an Generationen vererbt werden.

Das war das Einzige, wodurch sich der Maxl von Vevi Glockes Fritzl unterschied, denn der war barfuß gekommen, trotz des nebligen Oktoberwetters, und seine flinken, dünnen Beine sahen aus, wie die ersten Zwetschgen, die seine Mutter für reif verkaufen wollte.

Wunderlicher Zug des Herzens! Wie sich das Chlonnenchltrählche und die dicke Krinolineline fanden, so fanden sich der Fritzl und der Maxl sofort, und es dauerte nicht lange, so waren sie unzertrennlich. Nicht dass sie ärmlich gekleidet waren, hatte sie isoliert, es gab der Langen- und Paradeisgässer, der Buben vom »Ring«, also von der Stadtmauer, genug, die ebenso zerrissen oder verflickt, fadenscheinig oder schmutzig gekleidet waren wie sie: Es war »der Zug des Herzens«; außerdem waren beide die Verfolgten und Verspotteten, Maxl wegen seiner Hässlichkeit, seines lehmfarbenen, traurigen Gesichtes und wegen seines Hinkens; schnell war er der »hinkende Maxl« geworden, und der Fritzl, das Obstlerdagerl, weil er wie ein bösartiger, halbgerupfter flinker Rabe, klein winzig und mit scheuen schlimmen Augen unter sie geschlüpft war, und für alle etwas Unheimliches hatte. Beide waren sie aber gemieden wegen ihrer Herkunft.

Kinder armer Leute hören so viel zu Hause reden, wo alles aufeinander gepfercht ist, und pappeln viel nach, auch das, was sie nur halb verstehen. –

So war Maxl auch wieder zur Abwechslung »Der Schusterbaron« und der Fritzl der »Dreivaterbua«.

Dass Maxl seelenruhig alles über sich ergehen ließ – das war auch zu Hause seine Taktik – verband den Fritzl nur noch fester mit ihm, denn dadurch fühlte er sich berufen, auch für ihn mit einzustehen, und vergalt alle Beleidigungen, die die andern dem Maxl angedeihen ließen, mit der größten Bosheit und Tücke oder mit plötzlich ausbrechender Wut; wie ein kleiner Sprühteufel konnte er dann sein. Er bekam dafür stets seine redliche Tracht Prügel – das war er von Mama Vevi gewohnt – im Schelten und Schlechtmachen blieb er ihnen trotzdem weit über, da spuckte und zischte er vor Leidenschaft, und die Schmähworte überkollerten sich förmlich, so notwendig hatte er's.

Am meisten ärgerte ihn das »Dreivaterbua«, und er quälte Mama Vevi unaufhörlich, ihm das wüste Schimpfwort zu erklären. Er stampfte und weinte, weil sie ihm nichts sagen wollte, sondern nur heftig und zornig wurde, und trieb's so lange, bis er eine Tracht Prügel – jedoch ohne Erklärung – hatte.

Maxls Schimpfname »Schusterbaron« war verständlicher, obwohl es den beiden noch immer nebelhaft genug blieb, dass der Maxl eigentlich zwei Väter und doch nur einen und der Fritzl deren drei und dennoch keinen hatte.

Der Fritzl kriegte einen Mordsrespekt, als ihm der Schusterbaron in seiner langsamen und bedächtigen Weise von dem Besuche des wirklichen Barons erzählte, der die Paradeisgass und ihre Umgegend in solch heillose Aufregung versetzt hatte.

»Woaßt«, sagte an jenem denkwürdigen Tage der Maxl, der sonst gewöhnlich schwieg und nur ausnahmsweise seine Seele in tiefsinnigen Bemerkungen ausströmen ließ, »woaßt, d' Mutter hat g'sagt, des oan is der Papa und des andere der Vater.«

Das war wohl erschöpfend genug und damit gaben sie sich vorläufig zufrieden.

Aber der hohe Besuch spukte noch lange in ihnen nach, wenn sie beisammen auf der Kräuterwiese saßen oder an den Rainen am Erzberg lungerten und dabei die männlichen und weiblichen Knirpse des »Vaters« zusammen hüteten, denn das taten sie jetzt immer selbander.

Stets trabte das ungleiche Gespann, der Maxl mit unbeholfenen schwerfälligen, der Fritzl mit kleinen trippelnden Schritten vor der schusterlichen schwerbepackten Equipage aus der Paradeisgass daher.

Vor der Stadt verwandelte sich das elende Gefährt, das der Vater Schuster aus Holz und mit Unmut zusammengezimmert hatte, flugs in das elegante adelige. Denn sie liebten es lange Zeit, Baron und Baronin in der Paradeisgass zu spielen, und zwar entpuppte sich der Fritzl als sehr geschickter und gewandter, ja selbst als intriganter Akteur; er wusste auch stets die besten und eindrucksvollsten Rollen dem Maxl abzunehmen. Er war abwechselnd Baron und Baronin, manchmal sogar beide zugleich (obwohl er noch nie einen lebenden Baron oder eine Baronin gesehen), während dem Maxl der Kutscher oder der Lakai zugeteilt wurde, der nicht einmal diese Rollen zu Fritzls Zufriedenheit ausfüllte. Die Statisten, Volk und »Gemurmel« führten die kleinen, feuchtnasigen Schusterlein männlichen und weiblichen Geschlechtes schlecht und recht aus. Mit hellseherischem Blick erkannte Fritzl, dass dem Maxl alles, aber auch alles zur Darstellung des Barons abging: »Du eigenst di net dazua, den Baron zu spiel'n«, sagte er, »den mach i«, oder »die Baronin kannst du net spiel'n, hast koan Schein davon.« Und Maxl dienerte ununterbrochen, riss unverdrossen Kutschenschläge auf und klappte sie wieder zu, saß vorne steif auf dem Wagen und gab den Rössern, in diesem Falle den kleinen Schusterlein, die Peitsche, aber auch das tat er nicht zu Fritzls Zufriedenheit. »So macht ma's net«, schrie er, »du hast koan Leben!«

Er hatte doch Gelegenheit zu beobachten, er wohnte doch beinahe am Marktplatz und kam wirklich einmal eine Equipage, er sah sie gewiss! Er hatte Erfahrung! Seine kleinen blanken Augen waren überall; nichts entging ihm, alles Auffallende, alles Komische zog ihn an, wie das Glitzernde die Dohle.

Überall in der Stadt war er zu finden, bald da und bald dort. Seine Frühreife, sein rasches Mundwerk und sein für einen kleinen Kerl ganz erstaunlicher Hohn verschafften ihm nach und nach Übergewicht über die anderen Rangen, die aufhörten, ihn zu verspotten, ja, ihn bald fürchteten und seinethalben auch den Maxl in Ruhe ließen. Fritzls Mut war erstaunlich, nie leugnete er etwas in der Schule, obwohl er beim Lehrer nicht gut angeschrieben war, und wo es galt, sich frech und furchtlos zu zeigen, war er einer der ersten, ja, er suchte es den Ältesten zuvor zu tun. Das tat er nicht etwa aus moralischen Gründen oder aus Strebertum, Gott bewahre, es war eine Art Sport bei ihm, ein Trieb.

Darum getraute er, der kleine Knirps, sich auch das Chlonnenchltrählche zu verhöhnen, selbst wenn der Date oder die Tante Mine dabei waren, obgleich ihm die alte Jungfer mit dem Schirmchen drohte oder der Date Aaron einen Ansatz machte, wie wenn er mit einem Bockssprung auf ihn los wolle, um ihn zu züchtigen, was ihm der Fritzl promptest in vollendeter Weise nachmachte, sodass Vater Mahn beim Publiko den Kürzeren zog.

Schon längst führte der Date ja das Rosinchen nicht mehr an der Hand in die »Schul«. Sie war ja dem Töchterschülche schon geraume Zeit entronnen und hatte das böse Obstlerdagerl nicht mehr gesehen, bis ihr eines Tages Gelüste kamen, bei prachtvollem Winterwetter das Eis abzuflanieren. Dazu musste natürlich die Line her, die Busenfreundin, *Busen*freundin im vollen Sinn des Wortes.

Erstens hatte das Rosinchen einen herrlichen hochroten Baschlick zu Weihnachten bekommen, den es noch nicht ausgiebig hatte produzieren können, zweitens verspürte es, nun bald fünfzehnjährig, ein halb abwehrendes, halb sehnsüchtiges Gefühl nach dem Manne, in diesem Falle nach der Gewerbschachtel. In seinem unklaren, halb beseligenden, halb beschämenden Drang hatte sie sich die Krinolineline geholt, die ja blindlings alles tat und alles gut hieß, was das Rosinchen wollte.

Zwar hätte sie notwendig zu nähen gehabt, doch die Freundin befahl, das Wetter war verlockend, und ach, die Line hegte tief in dem keusch eingepressten und dennoch allzu sichtbaren Busen verschwiegene stumme Liebesgefühle.

»Wie du willst, Rosinerl, wie du willst.«

Vielleicht, vielleicht sah sie *ihn!* Was war dagegen, dass sie nachts arbeiten musste!

Und, grau in grau, Mantel, Kleider und Kopftuch, gab sie die Folie zu Rosinchens bunter Herrlichkeit.

Mit dem leuchtend roten Baschlick, dem grünen Mantel und dem buntscheckig karierten Kleide sah das Rosinchen neben der dicken grauen Freundin wunderlich genug aus. Jene wie eine Achtzehnjährige, das Rosinchen dagegen hätte zwölf Lenze zählen können; mit den äußersten Spitzen der Finger berührte es beim Einhängen den groben grauen abgetragenen Mantel der Line, höher hinauf zu langen, war ihm versagt.

Und es war elegisch!

Und es schwärmte!

Und es sprach sich aus, denn es liebte! Und liebte jedenfalls – das war ja gerade das Herrliche! – liebte hoffnungslos, denn der Erwählte war noch Gewerbeschüler, ein großer blonder schöner Kerl, freilich! Gewerbschachtel im letzten Jahr, »ich sag dir, Line, ein Adonis!«

Ja, nun ging das Schwärmen an, das selige – unselige Hangen und Bangen!

»Ach Gott, Line, wenn ich nur wär gewachse wie du! Mit'm Gesicht möcht ich ja nit tausche, aber dein Figur! Ich bitt dich, was biste üppig.«

Aber die Line zog ängstlich ihren alten Mantel fester zusammen. »Rosinerl, was sagst denn? Wenn ich mich doch schäme, dass ich – dass ich einen so schwellenden Busen habe! Es schaut so frech aus und so unsolid! Ich bin ja froh, dass das der Herr Onkel selig nimmer erlebt hat, ich schämte mich ja zu Tod vor ihm! Du verstehst das nicht so in deiner Religion, aber manchmal mein' ich schon, es könnt beinahe gegen den Glauben verstoßen und eine Sünde sein, dass man's so sieht. Und das ist halt mein Kreuz und ich kann's doch nicht ganz verbergen!«

Das Rosinchen schaute sie zweifelnd und ungläubig an. Gab es denn so etwas? Sie sehnte sich doch nach den sündhaften »Schwellungen«, sie hatte doch den heißen Wunsch, so üppig auszusehen wie die Line!

Resigniert meinte sie: »Stuss, Line, sei g'scheit! So was macht Eindruck, du sollst froh sein drum!« Doch praktisch wie sie war und sich mit allem abfand und sich alles zurechtlegte, kalkulierte sie: »Die Üppigkeit allein tut's nit, man muss auch sonst Qualitäte habe. Z. B. ich, schön bin ich nicht, aber reizend.«

Ohne nähere Debatte und ohne Definitionen zu verlangen, war die Line vollkommen einverstanden damit; sie war ja mit *allem* einverstanden, was das Chlonnenchltrählche sagte. Geduldig ließ sie sich in dem langsamen Tempo, das das hickelnde Rosinchen einschlug, mitschleppen, geduldig hörte sie die endlosen Liebesergüsse der Freundin an, war auf Kommando neugierig auf den angebeteten Adonis und, weil sie sich zu Tod geschämt hätte, verriet sie nichts von der Liebe, die ihr im eigenen Busen brannte, und stand wie ein Opferlamm auf dem Eise, dem das glühende Rosinchen zugestrebt war.

Hier stand allerdings auch das Chlonnenchltrählche hilflos, denn die Eisfläche war groß, und das Rosinche wagte nicht, sie zu betreten, von der angebeteten Gewerbschachtel keine Spur. Der Zipfel von Rosinchens Baschlick, verschönert durch eine große weiße Angoraquaste, drehte sich wie ein verrückter Derwisch hin und her, bald drehte sich das ganze Rosinchen wie ein Kreisel auf dem Schnee vor dem Eise – nichts war zu sehen von dem Geliebten.

Da tauchte, wie aus der Erde gestampft, will sagen, aus dem Eise, der Fritzl auf.

Fritzl war da. Grinsend, gefällig, verstehend. Nicht der böse Feind, der Widersacher, der abscheulich Plaggeist, nein, ein kleiner devoter lächelnder Page, ein Dienstbereiter, ein »Galanthuomo«.

»Dort san d' G'werbschachteln«, meldete er, und mit ein paar Sprüngen war er voran, den dünnen langen roten Vogelhals wieder und wieder nach seinen Begleiterinnen umdrehend, schlitterte er über das Eis und steuerte auf die Bank zu. Dort saßen schon ein paar weibliche kichernde Wesen im Backfischalter, von einer Schar von Studenten und Gewerbschachteln umlagert; bedient wurden sie von etlichen Cupidos, Genre Fritzl, etwa zehn- oder zwölfjährig, die sich bemühten, den holden durch die Männlichkeit in Anspruch genommenen Engeln die Schlittschuhe anzuschnallen.

»Daou san d' G'werbschachteln«, sagte der Fritzl im unverfälschten Oberpfälzisch und deutete, ein Wissender, auf die Corona.

Seine blanken Augen folgten mit Freude der ungeschlachten blonden Krinolineline, die sich auf dem Eise bewegte wie ein Walross, das das Tanzen lernen soll, dazu ergötzte ihn das kleine, scheckige Chlonnenchltrählche, das ängstlich wie ein Wiegmesser, das nicht recht in Gang kommen kann, auf der glatten Fläche vorwärts strebte, und jetzt entdeckte er gar noch die vier Augen, die sich trotz Drangsal und Mühe auf einen Punkt konzentrierten – dort stand der größte, der blondeste und bekannteste der Gewerbschachteln, einer, dem sich der Fritzl, ohne ihn zu kennen, immer geistesverwandt gedünkt hatte, und dem er schon seit Langem alle Sympathie zuwandte.

»Line, er ist da!«, flötete das Rosinchen, und:

»Ja, Rosinerl, da iiis er!«, hauchte die robuste Line und wäre am liebsten zergangen auf dem Eise, wie die Restchen Schnees, die an ihren ansehnlichen Schuhen tauten – denn sie – oh, sie liebte still und verborgen, keusch, und dennoch mächtig denselben, ganz denselben Adonis. Wie ein Blitzstrahl war ihr diese Erkenntnis durch Rosinchens Blick gekommen.

Das Rosinchen dagegen merkte nichts von Lines Gefühlen. Gehoben, getragen, entrückt durch ihre Liebe, schwebte es auf einmal förmlich auf das Bänkchen zu, und die weiße Quaste tanzte einen wahren Liebessturm vor der Kartoffelnase der Line her.

Das Kommen der Freundinnen erregte Aufsehen. Der Fritzl machte seinen Damen mit dem Ellenbogen Bahn und geleitete sie zu dem Bänkchen, von dem sich die andern Dämchen kichernd erhoben. Dabei warfen sie sich Seitenblicke zu und pufften sich in die Rippen oder flüsterten den führenden Jünglingen etwas in die Ohren, den Muff gewaltsam vor Mund und Nase gepresst, etwas, an dem sie schier ersticken wollten. Das ungleiche Paar ließ sich in gleicher Aufregung auf dem Bänkchen nieder; der große und beachtenswerte Jüngling stand noch dort.

»Daou san's«, sprach wieder der Fritzl, und vermittelte, indem er der blonden, auffällig derben Gewerbeschachtel einen sanften Stoß gab, auf diese gleich geniale wie lakonische Art die Bekanntschaft.

Das Rosinchen kalkulierte noch schnell, ob es dem Fritzl etwa gar ein paar Kreuzer geben müsse, während sich der Adonis räusperte und zwar so ausdrucksvoll, dass dies gut als Anfang der Unterhaltung gelten konnte; das Rosinchen sah auch gleich seelenvoll zu ihm auf und sagte: »Ach Gott, wie hoch ist doch die Bank, meine Beine reichen nicht herunter.«

Worauf er, sehr respektvoll den Hut ziehend, erwiderte:

»Sie müssten längere Beine, oder die Bank müsste kürzere haben.«

»Ach Gott, Sie hawwe Geischt«, kreischte das Rosinche.

»Ja, man sieht mir's nur nicht an.«

»Hab ich Ihne doch schon lang angesehe! Stellen Sie sich nur nit so!«

»Wer Augen dafür hat und selbst Geist – aber übrigens friere ich hier an, laufen denn die Damen nicht?«

Die Line erschauerte, verkroch sich noch tiefer in ihren schäbigen Mantel und schaute mit traurigen, blauen, hilflosen und dennoch so seligen Augen zu dem großen Jungen auf.

Das Rosinchen war sofort Herr der Situation. Ein Mut, eine Unternehmungslust war in ihr erwacht, die sie alles vergessen ließen. Vorhin hatte sie noch zur Line gesagt: »Schlittschuhlaufe is eigentlich nit ganz anständig«, nun erwidert sie prompt: »Geloffe bin ich noch nicht, aber ich bin ganz und gar nicht abgeneigt, nur, mein Herr, hab ich keine Schlittschuhe.«

»Sonst keine Schmerzen?«, lachte der Adonis. »Werde Ihnen gleich ein Paar hier leihen.«

Im Nu war er fort und ebenso schnell wieder da, im Nu war er niedergekniet, den eifrigen Fritzl beiseite schiebend, hatte die in der Luft baumelnden Füße des überglücklichen Rosinchens erfasst und begann ein Paar großer Schlittschuhe festzuschrauben.

So groß waren sie, dass selbst das in allen Himmeln schwebende Chlonnenchltrählche, das freilich nie die praktische Seite ganz aus dem Auge verlor, es gewahr wurde.

»Hören Se, sind die nit zu groß?«, flötete es ihn an.

»Das werd ich doch wohl besser wissen, mein gnädiges Fräulein!«

»Gnädiges Fräulein?!« – Dem Chlonnenchltrählche schwindelte ordentlich; dennoch ließ es eine praktische Frage nicht außer Acht.

»Und was koscht das Leihe?«

»Zwanzig Kreuzer!« Das Rosinche wurde blass, so viel hatte es nicht erwartet! Aber einen Blick auf den Adonis, einen auf den zweiten Schlittschuh, der schon fest saß – das verliebte Jüngferlein zog den Beutel und überreichte mit süßsaurem Lächeln und spitzen Fingern dem Jüngling das Geldstück. Dann kam noch eine Erregung: »Aber ich kann's ja eigentlich nit!«

»Dadrfürr bin ich da«, schnarrte der Adonis nicht ohne Würde und nahm das kleine Persönchen halb in seine Arme, um ihm von der Bank herabzuhelfen.

In demselben Augenblick spürte das Mädchen einen eiskalten Luftzug und, sich umdrehend, sah es in das boshaft grinsende Vogelgesicht des Fritzl.

»Nu, was wär' denn des, wer wird denn 'en Baschlick runterziehe?«, schrie das Rosinchen erbost, aber schon hatte sie der Jüngling gefasst. »Mit starkem Arm« jubelte es in ihr – sie aufs Eis gestellt und fortgezogen.

Sie wusste nicht, ob sie träume oder wache, wurde sie doch durch alle Himmel oder durch alle Höllen geschleift. Die Himmel waren die Wonnen, die sie empfand, an seinem Arme hängend, ja fast – wenn sie größer gewesen wäre – an seinem Herzen liegend, dahin zu gleiten, die Höllen stellten diese grässlichen Dinger dar, die er, gleichsam um ihre Liebe zu prüfen, an ihre Füße geschnallt hatte, die anpappten, wenn sie fort wollte und ausrissen, wenn sie zu stehen wünschte. Dabei trug er sie doch eigentlich wie ein Engel mit mächtigen, brausenden Fittichen, wenn's auch nicht brauste.

Nur fiel ihr gar nichts zu der Gelegenheit Passendes ein, ihm zu sagen.

»Gott, ich mach Ihne Müh'!«, diktierte der Verstand ihr zu sagen, aber das Herz gab ihr ein, recht verliebte Augen dazu zu machen.

Ja, das war schließlich die Hauptsache; ob sie Schlittschuh fahren konnte oder nicht, ob der Baschlick im Nacken hing oder nicht, war gleichgültig; selbst, dass die Schlittschuhe 20 Kreuzer Leihgeld gekostet hatten, konnte man verschmerzen, wenn man – buchstäblich! – so im wilden Wirbel der Leidenschaft gepackt wurde. Er zog sie ja förmlich hinter sich her, so raste er. Bei dem wilden Lauf wurden selbst ihre Löckchen rebellisch und drängten sich aus dem, von Tante Mine mit eiserner Energie hergestellten, glatten Scheitel.

Wenn *er* nur da war! Wenn sie nur, angeklammert an ihn, über das blitzende Eis getragen wurde!

Weiter, immer weiter ging's, dem Fluss entlang; sie hatte die große, graue, geduldige, dicke Krinolineline vollständig vergessen; sie sah nicht, dass alles nach ihr schaute und nicht, dass sich ganze Reihen Gewerbschachteln rechts und links aufstellten, sie bemerkte ihre ehemaligen Mitschülerinnen nicht, die den Muff vor den Mund hielten, sie konnte doch nichts anderes sehen als ihn!

»Bin ich auch wirklich nicht zu schwer für Sie?«, hauchte endlich, etwas durch das hastige Atmen erschwert, das Rosinche.

»O Sie Flaumfederchen«, sagte er zärtlich, »Sie Chlonnenchltrählche!« (ganz wie die Tante Mine im Ton!). Da hielt er auch plötzlich hinter einer rötlichen Weide am Flussufer und beugte sich zu ihr herab. Er musste sich sehr tief bücken, und das tat er auch, mit der Hand fuhr er ihr über die Locken, die sich aus dem schnurgerade gezogenen Scheitel gedrängt hatten.

Sie aber, der das Herz bis in den Hals klopfte, wähnte, er wolle sie küssen, versuchte sich zu strecken, brachte sich möglichst in seine Nähe und begann den Mund zu spitzen, während ihre Augen vor Liebe noch mehr hervorquollen.

Er lachte. Welch schönes tiefes Lachen! Aber er tat nichts Weiteres, es war wohl noch zu früh zum Kuss und, gleich wieder Meisterin der Situation, flötete sie: »Spielen Se doch weiter mit de Löckches, angenehmer Freund!«

Wieder sein sonores Lachen!

»Seit wann sind Sie denn in mich verliebt?«, fragte der »angenehme Freund«.

»Ach Gott, frage Se nit so dumm, Sie lieber Mensch, warum wolle Se denn das wisse?«

»Es macht mir schrecklich viel Spaß!«, der Adonis darauf.

»Hawwe Sie's denn gemerkt?«, wisperte das Rosinchen schüchtern und keck zugleich.

»Ja, wenn ich das nicht hätte merken sollen!«

»Ach gehn Se, Sie sind überhaupt so angeschwärmt, Sie hawwe so en seelevolle Blick!«

»Wirklich? – Und was noch?«

»So – so en verführerische kleine Schnurrbart!«

»Ja? – Und? –«

»Prachtvolle Beine!«

»Ei?«

»Ach Gott! Und – und so en liebe, liebe Mund.«

»Das weiß ich – weiter –«

»Sie könne die Mädcher so verliebt mache!«

»Wie mach ich denn das?«

»Ach gehn Se, ich weiß nit.«

»So sagen Sie's doch!«

»Nee, – nee.«

»Nun haben Sie einen Kuss verscherzt, wenn Sie's gesagt hätten, hätten Sie einen gekriegt.«

»Ach ja, – ach ja! Sind Se doch so gut!«, bat dunkelrot und stammelnd das total aufgelöste Rosinche.

»Nein, jetzt ist's vorbei.«

Mit einem Ruck hatte er sie bei der Taille und mit Windeseile ging's vorwärts die Strecke zurück, die sie gekommen waren.

Wie er sie trug! Sie flog, sie schwebte direkt in den Himmel hinein! Das wurde immer schöner, immer herrlicher. Das Chlonnenchltrählche streckte sich, oh, es konnte gut verbergen, dass es ein bisschen hinkte, besonders wo er den kleinen Körper förmlich in die Luft hob.

»Sie sind verliebt in mich, gelt«, frohlockte es, »ich krieg schon noch en Kuss, Sie könne selber nimmer warte! Ich komm gern am Abend in die Straß runter, wenn Sie's hawwe wolle, und promenier' mit Ihne, wenn Se so gut sein wolle – ich spuck jetzt auf all die eingebildete Töchterschülerinnen, ich spuck auf die groß Müller Marie, die so arg in Sie verliebt is!«, triumphierte das Rosinchen.

Da! – was war das? Plötzlich fühlte sie sich losgelassen, gerade vor der großen Müller Marie, sie schwankte, suchte Halt, verblüfft, unsicher, während der Adonis eine tiefe Verbeugung machte:

»Ich danke Ihnen sehr, es war mir kolossal interessant.«

»Ach Gott, ach Gott! Aber ich bitt' Sie!«, schrie ihm das Rosinchen nach. Da saß sie richtig und fest am Boden, das heißt auf dem Eise, ein Häuflein Elend, von einer schüchternen Krinoline umrahmt, und machte Versuch um Versuch, sich in die Höhe zu rappeln.

Rund um sie war Gelächter, das sich allmählich entfernte, und dort, groß, stolz, hoch aufgerichtet, ein schönes Traumbild, fuhr er – entschwand er! Und was? Dies boshafte Geschöpf, die Müller Marie führte er? Und die drehte sich auch noch um und winkte mit der Hand zurück? Das Chlonnenchltrählche heulte vor Wut; es drehte sich links, es drehte sich rechts, immer fiel es wieder um, und niemand war da, es aufzurichten. Zuletzt kam es wenigstens auf die Knie und hakte die großen Schnabelschlittschuhe als Anker auf dem Eise ein.

»Line!!«, rief es mit allen Kräften, aber die gute dicke Line hörte der Freundin Notruf nicht; sie hatte viel zu viel damit zu tun, träumerisch dem auch ihrerseits geliebten Adonis nachzustarren. Es war mächtig kalt und das Rosinerl hatte das Gefühl, als sei es verurteilt, hier am Ende des Eises anzufrieren und nicht mehr wegzukommen. –

Niemand war mehr in der Nähe, wie auf einen Schlag war der ganze Schwarm verschwunden. War dieser Sturz vom Himmel zur Hölle möglich? Hier, wo sie eben in allen Wonnen geschwelgt, selige Minuten genossen, sollte sie hier anfrieren müssen?

»Spielen Se weiter mit de Löckches, angenehmer Freund!«

Ach, sie begann klarer und klarer zu sehen – hatte er am Ende nicht überhaupt mit ihr gespielt? –

»Line!«, rief sie noch einmal verzweiflungsvoll. Keine Antwort. Aber ganz in ihrer Nähe lachte etwas; sie schaute sich um, rot vor Zorn. Was? Da war der Zwerg wieder, der boshafte, der lose Obstlervogel, der Fritzl!

»Du Krott, du boshafte, was haschte zu lache?«, schrie sie ihn an. »Da geh her und helf mer.«

Doch der Fritzl blieb kaltblütig stehen, den schwarzen zerzausten Kopf auf die Seite gelegt.

»Was krieg i denn dafür?«

»Was, du willst auch noch was? Des is dein Pflicht, zu helfe.«

»Ja freili, sonst nix?«, grinste der Fritzl und steckte die beiden Hände noch tiefer in die Hosentaschen, denn er fror!

»So helf doch!«, schrie das Rosinche wieder.

»Ja, Schnecken!«, machte der Fritzl, das sehr schöne tiefe und bezeichnende Wort vornehm nachlässig gebrauchend.

Das Rosinchen würdigte ihn keiner Antwort mehr. Während Tränen der Wut und der Beschämung über ihre Wangen liefen, schrie es wieder in der Richtung gegen die dicke elegische Line hin: »Line, Line, komm doch!«

»Die is ang'froren«, frohlockte der Fritzl und schnalzte mit der Zunge vor Vergnügen.

»Glei geh fort und hol se«, kommandierte das Rosinchen mit bitterbösen Augen.

»Was krieg i nachher daderfür?«, parlamentierte der Fritzl.

»Nix kriegscht, gehn sollschte.«

»Na bleib du hocken«, entschied, völlig Herr der Situation, der Fritzl.

»Geh fort!«, schrie außer sich das Chlonnenchltrählche.

»O na; ich möcht ner zuschaun, wie du in d'Höh kommst.«

Das Rosinchen wurde allmählich weich.

»Helf m'r«, gebot sie, »kriegscht drei Kreuzer.«

»Fallet mir ein!«, replizierte prompt der Fritzl.

»Fünf.«

»Na.«

»Zehn?«

»Meinetwegen; aber z'erscht gibst mir's auf die Hand. Koan Juden trau i net. Da ziehgt ma allemal den Kürzern.«

Sofort streckte er auch begehrlich seine blaugefrornen rissigen Knabenhände aus. Ohne auf seine Lebensweisheit näher einzugehen, was das Rosinchen sonst gewiss nicht unterlassen hätte, kramte es seufzend in seinem Beutelein; noch immer fielen vereinzelte Tränen aus seinen Augen. Es war dem kleinen Ding herzhaft kalt geworden, der Wind blies scharf über die Flussniederung her. Das Chlonnenchltrählche hatte das Gefühl einer empfindlichen Niederlage, alles triumphierte über sie, sogar dieser kleine, ausgehungerte, boshafte Bengel! Sie hätte mit Fäusten dreinschlagen mögen! Widerwillig legte sie den Obolus in Fritzls Hand, und er begann auch gleich herzhaft an ihr zu zerren und zu ziehen.

Kaum hatte er sie in der Höhe, fiel sie aber auch schon wieder um.

»Ich kann ja nit stehe auf dene vermaledeite Schlittschuh! Schnall die Äser ab!«, kommandierte sie.

»Daderfür hast mi net angaschiert«, antwortete mit Würde der kleine Weltweise ans der Obstlerkeuche.

»Du gemeiner Bub!«, schimpfte das Rosinchen.

»Oha! Oha!«, beschwichtigte der Fritzl, schaute ihren vergeblichen Versuchen, in die Höhe zu kommen, mit Hingebung so lange zu, bis sie endlich matt und klein genug war.

Klein, milde, armselig, weinend, flehte sie ihn ordentlich an:

»Fritzl, du kriegscht noch sechs Kreuzer, aber mach mer se runner!«

»Zerscht gibst es her«, beharrte der Fritzl und erst, als er das mit Bedauern und Seufzern herausgebohrte Geldstück in der Hand hielt, das er blitzschnell verschwinden ließ, bequemte er sich dazu, unter Zähneklappern dem hilflosen Rosinchen die Ungeheuer abzuschnallen.

»Z'kloan san's dir net«, sagte er, denn es war ihm unmöglich, stille zu sein.

»'s Maul halscht«, zeterte das Chlonnenchltrählche.

»Nachher b'halt du deine Schlittschuh an.«

»Machscht nit weiter?«, schrie das erboste Rosinchen. »So! So! Und jetzt holscht die Line!«

»Fallet mir grad ein«, sagte mit überlegener Ruhe der Fritzl, stellte sich mit gespreizten Beinen hin und beobachtete mit sachgemäßem Interesse, wie das Rosinchen mit ihrem Reifröcklein, das einige Deformationen erlitten, über das Eis zu schwanken begann.

»Oha!«, rief er von Zeit zu Zeit hinter ihr drein, wenn sie unsicher wurde, und:

»Line! Line!«, schrie immer lauter und eindringlicher, immer erboster die kleine, wackelnde, unsichere und groteske Gestalt, die, ihre Arme wie bebende Flügel ausgespannt, langsam der Bank näher kam.

»Oha!«, bemerkte wieder versunken der Fritzl, und:

»Line!«, rief wieder das Rosinchen. Aber die traumverlorene und entrückte Line hörte nicht eher, bis das Geschrei ganz laut wurde.

Da wollte sie freilich gleich in die Höhe, – aber o weh! – was der Fritzl vorhin bloß zum Spaß aus der Tiefe seines boshaften Herzens herausgesagt, war eingetreten, die Line war wirklich und wahrhaftig an dem Bänkchen angefroren und erglühte in Scham und Bestürzung wie eine Päonie. Was hatte sie auch zu träumen und zu wünschen! Das war alles sündhaft, und die Strafe musste auf dem Fuße folgen.

Erst nach vielem Zerren und Reißen vermochte sie, während die Stimme Rosinchens unheilverkündend näher rückte, in Verwirrung und Angst den grauen haarigen Mantel von der Bank loszureißen und sich von den sonnigen Küsten ihres Traumlebens an die rauen und unwirtlichen Gestade der Wirklichkeit zu versetzen.

Sie fürchtete sich vor dem, was sie sah. Sie beugte den Kopf; wie ein armes Opfer, das den Todesstreich erwartet, stand sie da, sie vermochte dem Rosinchen keinen Schritt entgegen zu gehen. Hatte sie nur geträumt oder wirklich geschlafen, und war sie im Schlafen halb erfroren? Sie konnte ja kein Glied mehr rühren und kam sich wie gelähmt vor. Und das Rosinerl –?

War ein schweres Schicksal über die Freundin hereingebrochen, während sie geträumt hatte? – Wie sie zürnte! Mit angstvollen bittenden Augen sah sie auf die Zürnende, wie ein treuer Hund, der sich duckt. –

Jetzt kam's! Die ersten Schläge prasselten nieder, nicht tatsächlich, aber in Worten, die wie Peitschenhiebe niedersausten, sie hielt immerfort den Kopf gesenkt und hörte und hörte nicht, sie wurde am Arm gepackt und »gepetzt«, spürte es und spürte es wieder nicht – ganz sacht glitt sie in ihr Traumland zurück. War nicht alles sonst so unsäglich gleichgültig?

Sie erlangte den Gebrauch ihrer Glieder wieder, langsam wie ein Automat setzte sie sich in Bewegung, dabei war's ihr immer, als müsse sie auf etwas warten. Wenn sie ins Genick geschlagen worden wäre mit einem dumpfen, brutalen Schlag – wie im Schlachthaus, wie im Schlachthaus, dachte sie, – es wäre ihr nicht erstaunlich gewesen, sie hätte ihn mit einem schwermütigen Lächeln empfangen, denn heute, aufgelöst in Liebe und Unglück, war es ihr klar geworden, dass sie vorherbestimmt war zu leiden.

Das Rosinchen dachte natürlich im Entferntesten nicht an diese schmerzliche Seite in der Line Erkenntnis – es fiel ihr gar nicht ein, dass etwa die Line auch Gefühle und Gedanken eigener Art haben könne. Die hatte zu nähen, die hatte das Rosinchen anzuhören und zu bewundern, die war da, ein Resonanzboden zu sein für alle Gefühle und Gedanken des Rosinchens, und damit basta!

Einmal sah die Line auf, in der Freundin wutverzerrtes Gesicht, einmal hörte sie aus ihren wütenden Worten heraus, dass sie verschmäht worden – glückliches Chlonnenchltrählche trotzdem! Es war bemerkt worden, es war in *seinen* Bannkreis gekommen und – nein! – es war nicht veranlagt, sich verzehren zu müssen!

Seufzend blickte die Line auf ihre vom Rosinchen beneidete Körperfülle – sie, die ihn mit verglühender Leidenschaft liebte, ja sie war eine von denen, die sich verzehren müssen, aber wie lange, wie endlos lange würde das dauern mit diesem, ach allzu wohlgenährten Körper! Und alle Versuchungen des Essens, die leckeren Kuchen der Tante Mine vor allem stiegen vor ihr auf – es war doch schwer, unendlich schwer, ganz zu resignieren!

Wie schnell und wie gründlich war die Liebe bei dem Rosinchen vergangen! Konnte das echte Leidenschaft sein? Sie trauerte nicht, sie klagte nicht, sie schimpfte nur.

Und das tat sie wochenlang. Nicht nur über die Line und die eingebildeten Töchterschülerinnen, vor allem über die Gewerbschachteln, die keine Ahnung von Bildung hatten.

Die Line hielt still. Doch diese Art von Sanftmut und Geistesabwesenheit – o die Line war in anderen, hehreren Regionen! – erzürnten das Rosinche erst recht: »Für was bischt du denn gut? Nit ämal sein Zorn kann m'r an dir auslasse, du Stöckel!«

Übrigens was konnte man denn von der Line verlangen? Wie sollte *so was* Verständnis für Liebe und Leidenschaft, für Hohn und Rachegelüste haben? Das schwärmte so in den Tag hinein, und wenn es eine Mehlspeise oder einen Kuchen sah, konnte es sich vollschlagen bis an den Hals herauf! Konnte man da wirkliche Gefühle verlangen? –

Für das Chlonnenchltrählche hatte die Privatexkursion und das Privatissimum für Liebe noch einige Nachwehen.

Der heruntergezogene Baschlick, die den liebenden Händen also preisgegebenen »Löckchers«, das ganze aus der Solidität des Mahn'schen Hauses herausgerissene Intermezzo rächten sich, das Rosinchen wurde krank. Der Kopf, der Hals, alle Glieder und – trotz des äußerlichen Protestes auch das Herz – taten weh, und die heiße Liebe endete mit einer tüchtigen Erkältung.

»Wann m'r aa die Lieb' in sich hat, m'r is doch nit für Extravaganze geschaffe«, tröstete sich das Rosinche in der Krankenstube.

Die Schelte, die eigentlich dem Chlonnenchltrählche als der Verführerin gebührt hätten, fielen nun auf der Line wehrlos und unschuldig Haupt, wie ja viele Menschen in der Zeit der Angst und Bekümmernis etwas suchen, eine Ursache, einen Sündenbock, irgendetwas oder irgendwen, dem sie die Schuld aufbürden können und sich dadurch erleichtern, indem sie ihren Schmerz in Wut verwandeln.

»Du bischt doch fünf Köpp größer als des arm klein Rosinche, bischt du nit g'scheiter?«, schrie der Date.

Dem Rosinchen fiel es gar nicht ein, die Line zu beschützen, es schimpfte eher selbst mit. Es schimpfte überhaupt den ganzen Tag; es schien, als löse sich aller Überschwang in ein gründliches Geschimpfe auf. Zuletzt konnte das Rosinche sogar haarklein ausrechnen, dass sich »die ganze Sach'« eigentlich nicht gelohnt hätte.

Immer wieder betonte es:

»Zwanzig Kreuzer das Leihe von de Schlittschuh, zehn Kreuzer dem Fritzl und nachher nochmal sechs Kreuzer, wie soll sich denn das lohne, und de Spott owedrein!? Nee, Line, des is zu viel für die Lieb, ich verzicht!«

Ach! Sie *konnte* verzichten, die Line aber *musste* verzichten!

Nach ein paar Wochen hatte sich das Chlonnenchltrählche seine Gefühle schon ganz gründlich vom Halse räsoniert und in seiner Rekonvaleszentenzeit sogar deutliche Beweise gegeben, dass es den Adonis verachte, denn es saß Tag für Tag mit schrecklich bösen und strengen Augen am Fenster. Wenn auch der ehemals Geliebte den Blick nicht zu ihr hob oder höchstens aus Spott eine tiefe Reverenz machte, einerlei, das musste er, das mussten alle sehen und merken, wie tief sie ihn verabscheute.

Die Nummer Gewerbschachtel war für sie mit ihm abgetan, ihr Herz begehrte nach Höherem. Was gab es denn da Höheres als die »Gymnasisten«? Da das Gymnasium am Ende der Girgengass gelegen war, frequentierten die Gymnasiasten von jeher am häufigsten diese Straße, und das Chlonnenchltrählche wunderte sich auf einmal, dass ihre Neigung sich niemals jenen zugewandt hatte. Das konnte aber noch besorgt werden.

Denn, wie sie zur Line sagte, »mir müsse unsere Gefühle schon auf die Gymnasiste richte, weil die Präparande z. B. erscht in de Gefühlspunkt für uns trete, wenn se Lehrer sind. Vorher könne se nit mit in die Konkurrenz einbezoge werde, sie sin zu unansehnlich, haben krumm getretene Stiwwel und im Winter kein Mantel.«

Von den Gewerbschachteln sprach sie überhaupt nicht mehr. Die Gymnasiasten dagegen, die waren ganz geschaffen zur Liebe und Schwärmerei, so gut angezogen, so flott, man konnte sie fast »en bloc« gern haben!

Das letztere praktizierte sie zwar nicht, aber bald war es der eine und bald der andere, für den sie sich entflammte, manchmal für zwei auf einmal. Bald machte ihr der Fensterparaden und bald ging jener fünfzehn- oder zwanzigmal am Tag vorbei. Sie saß beständig am Fenster und hatte die Augen auf der Straße und konnte der Line nicht genug erzählen, wie sie hofiert wurde. Ganz berauscht war sie von ihren Erfolgen, selig, die Verehrer wuchsen wie aus der Erde gestampft, es schien, als habe die ganze Studentenschaft ein Komplott geschmiedet, sie zu verehren. Machte nur einer eine Kopfbewegung gegen ihr Haus zu, so stieß sie die Line triumphierend in die Seite: »Line, siehscht's, der macht mir jetzt aa de Hof.«

Die Line nahm manchmal einen Anlauf und wagte zu sagen: »Ich hab nichts gesehen«, oder »kennt er dich denn?«, vielleicht auch »ja, grüßt er denn herauf?«

Herrgott, wie wurde die aber abgeschnauzt! »Was verstehst du von dene Sache! So plump macht m'r des nit!« –

Da es wirklich eine kurze Zeit zum Sport bei den Studenten wurde, das Rosinche für den Narren zu halten, so erlebte es an seinem Fenster köstliche Rekonvaleszentenwochen.

»Da guck«, sagte es stolz zur Line, wenn sich die Verehrer förmlich vor dem Hause stauten, »des is was anneres!«

Weil sich aber weiteres nicht ereignete, die Dinge sich stets glichen, ja die Verehrer allmählich die Lust verloren, das Mahn'sche Haus im Ulk anzuhimmeln, und selbst das Rosinche anfing, die Sache etwas allzu einförmig zu finden, war es gern bereit, wieder in den Laden zu gehen, wie es der Date wünschte, ja es zeigte mehr Freude und Eifer zum Geschäft als früher. Es konnte sich nun nichts Seligeres denken, wie einen guten Verkaufstag gehabt zu haben und dann gegen sechs oder sieben, wenn alles flanieren ging, sich unter die Ladentüre zu stellen, geschwellt von Ehrgeiz und eigener Wertschätzung, verliebte Augen zu machen und sich dabei Geschäftskombinationen zurecht zu legen. So kam ihm auch zum ersten Mal der Gedanke, es einmal mit einer ganz großen unglücklichen Liebe zu versuchen, – schwupps hatte es schon einen blutjungen Leutnant, der wie Milch und Blut aussah, als Objekt entdeckt und machte sich mit Feuereifer über die unglückliche Liebe her. Es war wirklich eine recht, recht unglückliche Liebe, denn der junge schöne Krieger sah die Kleine nicht nur nicht an, sondern gab ihr sogar, als sie sich zu weit hinaus auf das Trottoir stellte, einen tüchtigen Puff. Zudem hatte er Anfechtungen von jungen und älteren Fräuleins und wusste schelmische und süße, schmachtende und begehrliche Augen zu machen, nur nicht für sie.

Ja, das war eine große, eine süße, eine qualvolle Leidenschaft! Nun kam selbstverständlich die Lektüre wieder dran, nur lauter tragische Liebesgeschichten durften es sein, und die Line musste mitlesen, wie sie auch all die Seufzer und die Klagen aus gepresstem Herzen anhören musste. Ganze Sonntag-Nachmittage saßen sie über der Gartenlaube und lasen von der Marlitt oder von der Werner, »die können's am beschte«, sagte das Rosinche.

Auch der Geist der Mutter begann gewaltig im Chlonnenchltrählche zu spuken.

Es verlangte energisch vom Alten, dass er's ins »Thiater« gehen ließ, natürlich auf die Galerie, und der Alte gab nach, wie er bei dem schönen Malche nachgegeben hatte.

Noch musste die Line erobert werden; die wäre zwar sehr gern bereit gewesen, denn auch sie lechzte in ihrem Gefühlstumult nach Darstellungen von der Liebe Leid und von der Liebe Lust, doch war ihr immer das Geld zu viel und das Rosinchen hatte tüchtig zu überreden, ja sogar zu zanken, bis es die Line mürb genug gemacht hatte. Natürlich ging die Line stets auf eigene Rechnung, »für was verdient sie sich denn was!«

Im Theater vergaß dann freilich sogar das Stöckl, dass die große Ausgabe gar nicht ihren Finanzen entsprach, im Theater war sie hingegeben, aufgelöst, entrückt, viel mehr, viel stiller, viel nachhaltiger als das Rosinche.

So lebten diese beiden Jungfräulein ein Leben voller Wonnen, gegen das Leben der beiden Helden genommen, die berufen waren, im späteren Lebens Rosinchens – auch der Line – »einschneidend« aufzutreten, die aber zu dieser Zeit noch die Schulbänke mit Widerwillen drückten. Eine Ahnung vom Rosinchen hatte der Dreivaterbua wohl schon lange, eine etwas kordialere und etwas intimere Annäherung – gegen die ganze frühere gemessen – hatte ja auf dem Eise stattgefunden, sonst traten die beiden Helden vorderhand in keine weitere Berührung mit den beiden Heldinnen.

Die Schule! Ach Gott, was war das für ein Fegfeuer für den Fritzl und für den Maxl! Alle zwei hassten sie das Lernen, wie es in den Schulen betrieben wurde. Stets interessierten sie andere Dinge mehr, als die, die sie gerade lernen sollten, oder auf die sich die Herrn Lehrer gerade kaprizierten, sie wissen zu wollen.

»Warum will er's denn wissen«, sagte der Fritzl mit schlauen Augen zum Maxl, »weil er's selber net woaß!«

Oder: »O Jegerl! So viel wie der Lehrer weiß ich auch, no vüll mehrer!«

Trotzdem verhielten sich beide, unbeschadet ihrer aufrührerischen Ansichten über den jeweiligen Präzeptor, in den Schulstunden ganz ruhig, der Maxl aus angeborenem Hang zum Vorsichhindösen, der Fritzl aus angeborener Diplomatie, was er aber nicht wahr haben wollte. Da ferner niemand einen Wert darauf legte, dass sie vorwärts kamen, der Lehrer ebenso wenig wie die Eltern, wurden sie schlecht und recht mit durchgeschoben.

Ihr eigentliches Leben führten sie ja doch außerhalb der Schule, auch außerhalb der elterlichen Höhlen, im Freien draußen. Dort schleppten sie alle ihre Schätze zusammen, blanke Steine, Metallkapseln, gefundene »Schusser«, Lederabschnitte, farbiges Papier und nicht zum Wenigsten Zeitungsfetzen, der Mutter Glocke entrafft, die sie begierig lasen, ein Buch, das sie sich von einem Kameraden erbettelt, Bilder aus illustrierten Zeitschriften aus Mama Glockes Einwickelpapieren gestohlen, die eine Welt für sie bedeuteten, über denen sie grübelten, über die sie sich berieten, über die sie disputierten. Das alles hatten sie in einer Art Höhle draußen gegen den Erzberg zu vergraben, und deckten es sorgfältig jeden Tag zu und hüteten es eifersüchtig. Dort draußen spielten sie wie andere Kinder, bauten Wälle und Burgen, gruben Teiche und Bäche, lasen, stritten und schmiedeten Pläne.

»Was willst werden?«, frug einmal der Maxl den Fritzl.

»I? – Vorderhand halt a G'werbschachtel. Und du?«

Da hob der Maxl den Kopf.

»I werd a Gymnasist.«

Wie da der Fritzl lachte!

»Du?! Dich werd'ns gleich studieren lassen!«

»Mit der G'werbschachtel gib ich mich net ab und a Handwerk lern i net und wenn's mi derschlag'n.«

Ja, derschlagen ließ er sich vielleicht, das sah ihm gleich, im Passiven war er groß, da hatte ihn der Fritzl schon heraus. Wie er nur auf den großartigen Gedanken kam, ein Gymnasiast werden zu wollen! Wie er sich nur getraute! Freilich, wenn man's erwog –! Vertraulich rückte er dem Maxl näher: »I wenn du wär', i wisset, was i tät.«

»Was denn?«, der hinkende Maxl drauf.

»Für was hast denn dein Vatern? Mach kein so dumm's Gesicht! Dein Papa mein' i. Für was is denn der da? Manderl hast du net so viel Kurasch, dass du zu ihm gehst und dich anmeldst? Sagst einfach: Da bin ich, ein Geld gib mir, studieren möcht ich.«

»Ja, aber er gibt sowieso Geld her, sagt die Mutter«, wies ihn der Maxl mit einem alten weisen und zugleich resignierten Gesicht zurück.

»Zahlen! Zahlen! Siehst du was davon? Spürst du was davon? Da! Da! Da! Auf die Hand lasst dir's geben, schüttel dein großen Kopf net! Was? Unehrlich is des, wenn du's für dich allein nimmst? Du bist halt der Noble, du bist der Baron und ich versteh das net, ich bin der Obstlervogel, ja freilich! Aber Bürscherl, an deiner Stell wenn i wär, des werdet ein anderes Leben! Grad die Haar möchst dir ausreißen.«

Und fuchsteufelswild gemacht von der passiven Noblesse und Indolenz des Maxl packte der Fritzl wirklich seine zerzauste schwarze Bürste und fuhr mit allen zehn pappigen Fingern darin herum.

»Helfen könntest uns alle zwei«, sagte er, »aber du hast kein Streben, keine Aufopferung, keinen Schwung!«

Der Maxl senkte den Kopf und schwieg.

Manchmal konnte Fritzls Wut sich so weit erheben, dass sie dem Quartalszorn der unverehelichten Glocke sehr nahe kam. Er zerriss und zerfetzte alles um sich, die am meisten gehüteten und geliebten Bilder, wobei der Maxl kreidebleich vor Schmerz zuschaute; zuletzt zerbläute er sogar den Maxl, der studieren wollte und doch nicht dazu kam, der einen Papa hatte, der nur die Hand aufzumachen brauchte und ihnen beiden war geholfen, – er zerbläute ihn, bis sie sich beide nicht mehr rühren konnten, der Maxl immer stiller und der Fritzl immer lauter wurde. Als er nicht mehr schreien konnte, stürzte er schimpfend und vor Wut heulend davon.

Er sah's ja kommen. Dieser Feigling von Maxl ließ sich zu einem Handwerk pressen, wo das Geld für ihn auf der Straße lag! Und er? – Was wurde aus ihm? Wenn die Zeichen nicht trügten, wendete der alte Schwamm, den er nie Mutter nennen konnte, viele Schläge, aber keinen Knopf Geld für ihn auf, von der Gewerbeschule keine Rede! Und wieder stieg ihm der Grimm. Es wäre so einfach gewesen! Nur er, *er* hätte an *der* Stelle sein sollen!

Er und »die Alte« sprachen schon lange kein Wort mehr miteinander, es war die höchste Zeit, dass er ihr aus den Fingern kam, in der körperlichen Kraft war sie ihm eben doch allzu sehr über. –

Und die Tage rückten näher, der Schulschluss stand vor der Türe, die alten Freunde und Bundesgenossen wurden immer stiller, sogar dem Fritzl musste man jedes Wort abkaufen, von ihren Plänen zu sprechen, vermieden sie ganz; sie stritten auch nicht mehr, nur manchmal sah der Fritzl fast hasserfüllt nach dem melancholischen Schusterbaron, zuletzt blieb er ihm ganz fern, sie sahen und sprachen sich nicht mehr.

An einem frühen Morgen trieb der hinkende Maxl eine Herde Schafe im Nebel des Oktobertages, durch den schon eine fröhliche Sonne blitzen wollte, zum alten Stadttor hinaus, an der Kräuterwiese vorbei zum Erzberg, an den Schlupfwinkeln vorüber, wo er mit dem Fritzl gespielt und gestritten hatte. Er schaute sich verstohlen und ängstlich rechts und links um, ob nicht der struppige Kopf des Freundes irgendwo auftauche, aber alles blieb ruhig, und der Maxl hinkte seine Bahn allein weiter und fühlte sich auf den öden Herbstwiesen so armselig und verlassen unter seiner Herde wie noch nie.

Tag für Tag trieb er jetzt die Schafe auf den Erzberg, und Tag für Tag schaute er nach dem Fritzl aus. In die Gewerbeschule war der Fritzl nicht gekommen, sonst wäre er schon lange dagewesen, den verunglück-ten Gymnasiasten zu höhnen. Er hatte es also auch nicht durchgesetzt!

Der Maxl konnte sich wenigstens rühmen, Widerstand geleistet zu haben und dem Handwerk entgangen zu sein, denn das Hüten war doch gewiss kein Handwerk!

Prügel hatte es genug gesetzt, bis es endlich dem Vater Schuster einging, dass es eigentlich vernünftiger wäre, sich die paar Groschen Hüterlohn einhändigen zu lassen, wie einen unbrauchbaren Lehrjungen neben sich sitzen zu haben, der soundso viel verdarb, und über den man sich halb zu Tod ärgern musste.

So setzte er denn seine sauertöpfische Miene auf und ließ den »Buam«, an dessen Existenz er sich »amal nicht gewöhnen konnte«, als Schafhirten ziehen.

Trübselig trieb der Maxl jeden Tag aus, trübselig saß er draußen auf den Nebelwiesen und in der blassen Oktobersonne und erwog bei sich, dass ihn sein Beruf doch nicht eigentlich befriedige.

Ja, es war nicht anders, der Fritzl ging ihm ab, ihre Gespräche gingen ihm ab, das Lesen und Disputieren, der höhere Zweck!

Er war eitel Freude, als eines Tages, wie von ungefähr, der Fritzl mit seinen dünnen, flinken und beweglichen Beinchen angetrippelt kam und ganz wie früher tat.

Nobel wie der Maxl war, ließ er natürlich kein Wort über die Gewerbeschule fallen und auch der Fritzl enthielt sich jeder Anspielung über den neuen Beruf des Maxl. Nun lebten sie wieder fast wie in alten Tagen, ja als im Frühjahr der Maxl avancierte und auch die Kühe auf die Wiesen treiben durfte, half der Freund getreulich mit, ja er fand, es sei gar keine üble und durchaus keine entwürdigende Fortsetzung ihres früheren Lungerns und eigentlich ein ganz freiherrlicher und nachdenksamer Beruf.

»Viel bringt's ja net ein, und eigentlich halten dich deine Viecher zum Narren, von an Herrschen hast du keine Ahnung.«

Wirklich trieben die alten und jungen, weißen und schwarzen, braunen und gefleckten Kühlein Allotria mit ihm, und der arme Maxl, der traurig und versunken hinter seiner Herde dreinhinkte, wurde oft aus seiner Versunkenheit geweckt, wenn er weit draußen auf der Landstraße eine Kuh triumphierend muhen hörte, die mit sanftem aber konstantem Trab vorangeeilt war. Da hieß es laufen, denn stets trottete die Freiheitsdurstige weiter, und dabei gingen ihm die anderen rechts und links in die verbotenen Felder und Wiesen.

Der Schweiß rann ihm übers Gesicht, sobald er versuchte, der renitenten Kuh habhaft zu werden, die so stetig und sicher vor ihm hertrabte!

Wie glücklich war er, wenn dann auf einmal, wie aus dem Boden geschnellt, der Fritzl auftauchte! Immer kam er zur rechten Zeit, natürlich spuckend, schimpfend und keifend. Wie konnte das einem Hirten passieren!

»So was merkt ma doch! So was siecht ma doch!«, schrie er. Dabei rannte er aber schon, was ihn seine Beinchen trugen, und laufen konnte er, laufen wie der Teufel!

Die Kühe gaben ihm bald nach, kannten ihn und haßten ihn. Alle schauten ihn halb tückisch von der Seite an, brüllten empört und stellten den Schwanz kriegerisch in die Höhe, machten aber sofort kehrt und trabten ordnungsgemäß zur Herde zurück, sowie er regierte. Das taten die Kühe, da war aber noch der Stier! Der machte eine ganz andere Schererei! Und um den zurückzutreiben oder nur zu hauen, gehörte eine ganz andere Kurasche als bei den Kühen! Die Kurasche hatte ja der Fritzl, aber er taxierte dann auch seine Tätigkeit richtig; er forderte und bekam für das Einfangen des Stieres zwei Kreuzer, während er für eine Kuh nur einen halben Kreuzer nahm.

(Duppel sagte das Chlonnenchltrählche im Geschäftsverkehr.)

Umsonst tat er's nicht, das ging gegen seine Grundsätze, der Maxl bekam doch Salär!

Auch der Maxl fand das ganz in der Ordnung; hatte er manchmal gerade kein Geld da, so blieb er schuldig, der Fritzl mahnte schon zur rechten Zeit: »An halben Kreuzer bist mir schuldig, zwoa Kreuzer krieg i noch« – deshalb gab es niemals Streit, und sie lebten einträchtiger und friedfertiger als früher.

Wenn nur nicht eines Tages der Fritzl ausgeblieben wäre! Prophezeit hatte er nichts dergleichen, da musste ein Gewaltakt der Mutter Glocke vorliegen.

Jawohl, die hatte schon manche Stunde ihres beschaulichen Lebens sinniert: »Was lasst ma in Fritzl wern?« Und sie ging alle die mutmaß-lichen Väter durch, deren einem nur im Entferntesten zu gleichen, er noch immer denselben Widerstand entgegensetzte, und sie kam zu dem Resultat:

»Mit der Musi hat er's net, Musikant wie die Hennemusi kann er net werd'n, da hat er koan Scheni dazu, Kraft hat er wieder koane, gibt also koan Packträger, lasst ma ihn an Kampelmacher wer'n.«

Da der Fritzl während ihrer Meditationen um sie herum war, nahm sie ihn für alle Fälle gleich fest beim Kragen, und nun war er wohl oder übel dem Nachbar Kampelmacher ausgeliefert.

Er hätte sich gewiss nicht gesträubt, hätte er gewusst, dass er den Grundstein zu seinem Namen, Kampelmacherfritzl, und vor allem zu seinem Glück legte, als er in die Hände des Gewölbenachbars Jean Resser überging.

Der Meister Kampelmacher mit pfiffigen Augen und raschen Händen hielt den kleinen, unbändigen Kerl gleich gehörig fest.

»Hm? Weiß schon. Kenn dich schon! A Filou san mir. Lernen mögen mir nix. Faulenzen und unsern Herrgotten 'n Tag abstehlen, gell? Kenn dich schon, Tröpfel elendigs! Mir kriegen dich schon!«

Von einem Entkommen war keine Rede. Wohnen, schlafen, essen, alles musste der Fritzl beim Meister Resser. Wurde er ja einmal fortge-schickt und er war nicht auf die Minute da, so gab's gründlich Haue. Vernusste ihn der Meister nicht, so besorgten es die Gesellen, die das

Amt gern übernahmen und mit Innigkeit ausfüllten. Im Anfang hatte er wie eine Wildkatze gekratzt und gebissen, und geschrien und geheult und »ham« verlangt, wie es jeder andere Bub auch getan hätte. Die hässliche und verhasste Keuche erschien ihm auf einmal wie eine Heimat, er hatte richtiges Heimweh und weinte richtige Tränen, ganz wie andere »richtige« Kinder auch.

Er schrie sogar: »Zu meiner Mutter möcht' i!«, nur das unbändige Gelächter, das Meister und Gesellen aufschlugen, die als Vevis Nachbarn die zarten Bande zwischen Mutter und Sohn genau kannten, schüchterten ihn ein, er wurde still.

Auf einmal war das Heimweh fort, ja es schlug ins Gegenteil um, er war gar nicht mehr zu bewegen, zur »Vevi« zu gehen. Er wurde rabiat, wenn man von ihr sprach, »Mutter Kloake« hieß er sie jetzt nach Meister Resser, und begegnete er ihr, so sah er entweder weg, oder, was für sie noch schlimmer war, ihr direkt ins Gesicht, ohne mit der Wimper zu zucken.

»Mit meiner Herkunft hab ich abgeschlossen«, sagte er einmal großartig zum Meister.

Er war auf einmal ganz für das Kammachergewerbe und ganz für den Meister Resser; das anständige Bett, das er nie vorher gekannt, behagte ihm, das anständige Essen schmeckte ihm, so was war nie an ihn gekommen, das Arbeiten machte ihm Spaß, er passte auf, denn er hatte Respekt vor seinem Lehrherrn. So einer wollte er auch werden, womöglich noch vollkommener. Was der sich verdient hatte, was der gesehen hatte, und was der alles wusste!

Fritzl wurde ehrgeizig, er strebte fieberhaft voran, ganz wie wenn er schon in einem Jahr ausrücken wollte, Frankreich zu, wie es der Meister vor Jahren getan. Der war auch so ein armer Tropf gewesen wie er, schlau, profitlich, voller Streben.

So manchen Abend saß der Fritzl mit offenem Maul da, durch die große schmale Vogelnase hastig und geräuschvoll atmend, und verschluckte förmlich alles, Wahrheit und Dichtung, was der stoppelhaarige alte Pfiffikus zum Besten gab.

Er liebte es, seinen Vortrag mit französischen Brocken zu würzen, weil er merkte, wie sehr er dadurch bei dem kleinen Lehrling stieg. Er nannte ihn auch nie anders wie Frédéric und, wenn er gut gelaunt war, Frédéric *le petit*.

»Weißt Frédéric *le grand* kannst nicht werden, aber als Frédéric *le petit* musst du dich in die Höh machen, verstanden Bürschl? Du hast die Nasen und die Augen und das Mundwerk dazu. Vom ehrsamen Handwerk allein ernährst du dich nicht, so mein ich wenigstens. Du nährst dich vom Publikum, später verstehst du das schon!«

Natürlich verstand der Fritzl nicht alles; aber dass ihm der Meister Kampelmacher *quasi* eine Ausnahmestellung unter der Menschheit zuwies, glaubte er herauszumerken, und ohne allzu sehr geschmeichelt zu sein, betrachtete er die Sache als beinahe selbstverständlich.

Hatte er denn nicht so oder wenigstens ähnlich von sich gedacht? War er denn nicht seinen Schulkameraden, auch dem Maxl, überlegen gewesen, und hatte er diesen nicht oft mit seinen Ideen geängstigt, und war das nicht gerade seine Freude gewesen? Und fürchtete sich das alte schwammige Höckerweib, die Mutter Kloake, nicht jetzt schon vor ihm? Es sah so aus.

Auch die Sonntagsschüler fürchteten ihn, waren sie groß oder klein, arm oder reich, alle steckten sie's ein, wenn er ihnen übers Maul fuhr.

Fritzls Augen funkelten, wenn der Meister von dem Geld erzählte, das er draußen verdient hatte. Auch die Weiber kamen aufs Tapet, wenn die Stunde weit genug vorgeschritten war, und er genug getrunken hatte. Zwar waren die Geschichten nicht für Frédéric *le petit* berechnet, er kapierte sie auch nicht, aber er fühlte dumpf, dass »solche Sachen« notwendig dazu gehörten, ja dass sie einen wichtigen Faktor bildeten, und er sagte andächtig und wichtig dem Meister nach: »Ja, die Weiber! Die Weiber!«

»Ich meine, allzu viel werden sie dich nicht plagen, Frédéric, du bist gerad kein Zuckerstangerl, aber man weiß es nicht, sie sind unergründlich.«

»Sie sind unergründlich«, echote der Fritzl.

Der Meister schmunzelte nicht einmal, so viel Verständnis für den Humor der Situation hatte er.

Er ließ nur in einer Anwandlung von Anerkennungsdrang den Kleinen trinken, der da saß, die Nase in der Luft, die ruchlosen Augen auf ihn geheftet, wie wenn seine Seligkeit davon abhinge, dass ihm nichts, aber auch gar nichts entginge.

Der Meister Kampelmacher Jean Resser hatte ein Kehlkopfleiden und musste deshalb den Rauch und Dunst der Wirtshäuser meiden.

Es entging ihm dadurch recht viel Gelegenheit, sich auszuleben, d. h. sich überlegen zu zeigen, andere seinen Spott fühlen zu lassen, er musste sich viel zu viel verkneifen, er, den alles gleich juckte.

Der Laden ja, das war so ein kleines Ventil, wo er seine Bosheiten ausströmen lassen konnte, zufällige Begegnungen, auch mit braven Bürgern der Stadt, am meisten aber brachten ihm die Besuche bei dem alten Mahn Auffrischung, wo ihre Unterhaltungen oft Wortduellen glichen.

Jetzt war als gute Ablenkung noch der Fritzl da, der ihn nicht nur zu Bosheiten anregte und ihn erheiterte, sondern ihn sogar nachdenklich machen konnte.

Die kameradschaftliche Leutseligkeit dem Lehrbuben gegenüber gab es freilich nur am Abend, am Tag zog der Meister andere Saiten auf, da hieß es stramm arbeiten und stramm aufpassen, nichts ließ ihm der Alte durchgehen.

»Ordnung und Zucht muss jetzt noch für dich sein«, sagte er, »ausschweifend kannst du später werden und das wirst, ich seh dir's an der Nasen an.«

Das war ein Tadel und doch wieder eine Auszeichnung, wie es der Fritzl verstand. Zu den Gesellen sagte der Meister nie dergleichen, auch nicht zu seiner einzigen Tochter, der dicken Kuni, nein zu der erst recht nicht. Träge, halb verschlafen, gutmütig, beschränkt war sie, den Eigensinn ausgenommen, ganz das Gegenteil des Vaters, und stets ratlos und verlegen ihm gegenüber. Sie wusste ihn gar nicht zu nehmen, und je älter er wurde, desto schlimmer wurde es.

Wenn er nur nicht immer die verstorbene Mutter geschmäht hätte!

»Grad so fett und schläfrig und dumm wirst, wie deine Mutter«, sagte er.

»Aber sag doch so was nicht von der Toten«, protestierte die dicke Kuni.

»Dass ich's von dir sag, regt dich nicht weiter auf? Gelt? – Und soll dein Mutter anders sein, jetzt auf einmal, weil sie tot ist? Du glaubst es gewiss nicht, dass sie mich halb hingemacht hat vor lauter Gutmütigkeit? Was versteht denn so eine Kuh davon!«

Der Vater Resser hatte sehr spät geheiratet und war als verheirateter Mann – natürlich mit dem Gelde der Frau – noch einmal ins Ausland gegangen und hatte längere Reisen gemacht, von denen die Kuni nichts wusste. Sie war damals zu klein gewesen, und die Mutter war bald darauf gestorben, am Herzschlag.

»Am Gemüt erstickt«, sagte der alte Kampelmacher, und seiner dicken Tochter prophezeite er oft: »Du erstickst auch noch einmal am Gemüt, genau wie deine Mutter.«

An dieses Gemüt wendete sich der Fritzl sehr bald mit ganz richtigem Instinkt. Aus seiner Tiefe schöpfte er Dampfnudeln, die landesüblichen Kartoffelknödel, große Stücke Butterbrotes und manches langsame, aber gute Wort, das ihm, als er noch nach der Obstlerkeuche heulte, besonders gut tat.

Im Heimlichgeben war die Kuni raffiniert und ebenso der Fritzl im Heimlichempfangen, so merkten weder die Köchin noch der Meister etwas von dem Bunde der zwei.

Der Fritzl bewies seine Dankbarkeit dadurch, dass er sofort den schwachen Punkt der schönen Kuni heraußen hatte und ihn unterstützte, indem er ihre prächtigen Kleider bewunderte, etwas von Verehrern verlauten ließ, ja sogar sich erbot, kleine Briefe und Zettelchen hin und her zu besorgen. Nichts vermehrte die süßen und reichen Gaben mehr, als solches Tun. Nur wenn der Gegenstand der Liebe der schönen Kuni einmal eine Gewerbschachtel war, tat er's mit Widerstreben. Gewerbeschüler und Feiertagsschüler hassten und bekriegten sich; dann hatte er noch seinen Privathass, weil es ihm vorbeigelungen war, selbst Gewerbschachtel zu werden.

Diese kleinen Gänge im Dienst der Liebe waren Vorstudien Fritzls für die Liebe selbst, und so komisch ihm die Sechzehnjährige dünkte, die sich trotz der heftigsten Verliebtheit nicht vom Fleck rührte, sondern nur von der über dem Gewölbe liegenden Wohnung, angetan mit ihren Prunkgewändern, steif und starr auf die Straße stierte, so sehr spitzte er die Ohren und war auf alles aufmerksam. Eine instinktive Scheu gegen das träge und zugleich begehrliche Wesen der Kuni war in ihm, und doch tat er ihr heimlich allen Willen. Wäre er nicht ein so lockerer Vogel gewesen, hätte er, wenn das bei ihm überhaupt möglich gewesen wäre, über sein Tun dem Meister gegenüber Gewissensbisse empfinden müssen.

An Sonntagen, wenn der Meister spazieren ging oder den alten Mahn aufsuchte, für den er eine stets wachsende Vorliebe bekam, musste der Fritzl gewöhnlich einen der liebenden Jünglinge aufgabeln, mit heimbringen und Wache vor dem großen Haustor stehen, hinter dem sich die zwei küssten.

Es war sonntäglich still in der Straße, alle Läden sahen tot aus mit ihren geschlossenen Türen, nur der Obststand seiner Frau Mama, auf den er gerade hinsehen konnte, brachte Leben in den öden Sonntag. Er schaute aus Langeweile interessiert hinüber, wer kaufte; hinter sich hörte er nichts wie gedämpftes Wispern und ein paar schnalzende Laute. Manchmal – er ahnte es – nahm die Kuni einen der Jünglinge mit in die Wohnung; der Meister durfte davon natürlich nichts wissen, es lag auch keine Notwendigkeit vor, es ihn wissen zu lassen. Ihm trug es nur Gutes vonseiten der Kuni ein, vonseiten des alten Kampelmachers hätte es ihm nur Böses eingetragen.

Erzählte er solche Dinge dem Maxl, so entrüstete sich dieser Biederknabe darüber. Er war mittlerweile auch gereift und bezeichnete Fritzls Gebaren als unehrenhaft, worüber sich Frédéric *le petit* halb bucklig lachen wollte.

»A räudiger Philister bist, a Burschowa!«

Diese beiden Worte waren überhaupt seine Leibworte, von Meister Jean Resser geborgt.

Außerdem noch einige, die er von Zeit zu Zeit dem Maxl an den Kopf warf.

»Angstmeier, Pfennigseele, Dütengroßhändler, Stubengesichtskreisler, Städterlpapper, Haferlgucker«, alles Kosenamen, von dem alten Kampelmacher für seine geliebten Mitbürger erfunden.

Nur setzte der Fritzl zum Schluss stets hinzu: »Du bringst es nie weiter als zum Viehhüter.«

Die innigen Bande ihrer Freundschaft entwickelten sich überhaupt etwas auseinander.

Seit der Fritzl, Frédéric *le petit*, ehrgeizig und dünkelhaft geworden und so viel Weisheit schöpfte und verzapfte, – Weisheit gar nicht nach Maxls Geschmack – zollte er, der Maxl, dem anderen nicht die Bewunderung, die der heischen konnte und durfte, ja Fritzl sagte, dass er ihn geradezu hemme mit seinem Nörgeln und seinem Unverständnis; das machte ihn kühl und wild zugleich.

»Was bist du nachher worden mit deiner Bravheit?«, höhnte er den Maxl.

»Bist auch net in d' G'werbschul kommen«, replizierte prompt der Maxl, der sich krümmte wie ein Wurm, der getreten wird.

»Was soll denn aus dir werden, was für eine Aussicht hast denn du?«, setzte der Fritzl in doppeltem Hohn das für ihre Zukunft so wichtige Gespräch fort. »Willst warten, bis d' schöner wirst und die Equipasch (er sagte nicht mehr Eklibasch wie früher!) kommt und den jungen Herrn Baron mitnimmt? Hüt du nur deine Küh und lern's schön, dass sie dir net davonlaufen! Na, na, na! Is das a Mensch! Hast denn kein Streben? Hast kein Lebensziel? ›Aufi musst‹, sagt der Meister, parterre kannst noch immer.«

Er tat genau, wie wenn er der Meister und Maxl Frédéric *le petit* wäre.

Es reizte den Fritzl geradezu, alles, was er Schändliches wusste, was er hörte und dachte, was er anstellte, auch alle Heimlichkeiten mit der Kuni, dem Maxl in möglichst abstoßender und grotesker Form aufzutischen, damit sich jener entsetze.

»Ausschweifend muss einer werden, sagt der Meister, aber nur die Leute, denen man's an der Nase ansieht, sollen sich das wohl merken; und mir sieht man's an der Nase an.«

Was? – was war das? Der Maxl zitterte vor Aufregung.

»Der Baron ist ausschweifend g'wesen, sagt die Mutter, sonst wär' ich net auf der Welt. Fritzl, i bitt' dich, gib dir Müh und bet, dass du nicht ausschweifend wirst!«

»Damit keine hinkenden Maxln auf die Welt kommen? Ausgezeichnet!«

Der ruchlose kleine schwarze Kerl lachte, dass es ihn nur so schüttelte.

»Merkst es, was ich jetzt war?«, fragte er den verblüfften Kameraden. »Jetzer war ich frivol. So sagen die Franzosen, dass d' es weißt. Der Meister sagt, mir Deutschen sind nie nicht geeignet zu so was, aber ich werd' dafür sorgen.«

Der Herr Dechet[1] sagt –«, meinte schüchtern der Maxl, der gerade in einem sehr frommen Stadium und in Verbindung mit dem hohen Klerus war, weil er hie und da ein paar geflickte Schuhe im »Dechethof« abzugeben hatte.

1 Dekan

»Mit 'm Dechet wenn d' mir net gehst«, machte der Fritzl und schnaubte vor Überlegenheit, »wie kann denn ein aufgeklärter Mensch mit der Meinung vom Decheten sich abgeb'n? Da musst andere Leut' hören!«

Dabei blinzelte er nach dem Maxl hin, ob der auch seinen Geist zu würdigen wusste. Ja, er machte Fortschritte, er erweiterte seinen Gesichtskreis, er war ein Freigeist, für was war er denn auch beim Meister Jean Resser?

Der Maxl schaute stumm und traurig zu Boden. Wenn der Fritzl so redete, wie konnten sie sich je wieder verstehen, wie konnten sie je wieder zusammenkommen? –

Aber sie kamen immer wieder zusammen. Der Maxl suchte den Fritzl aus unwiderstehlichem Drang, und der Fritzl begönnerte und begünstigte diesen seinen Drang. Nicht umsonst war der Maxl jetzt vom Viehtreiber zum Zeitungsjungen empor gestiegen und hatte auch noch das Amt eines Laufburschen und Austrägers für den Vater Schuster übernommen. Seine Tätigkeit setzte sich in Klingendes um und sofort steigerten sich auch die wärmeren Beziehungen zwischen den Freunden. Der Maxl hatte manchmal einen halben Monatslohn in der Tasche, was sollte denn der damit anfangen? Konnte der hinkende Maxl überhaupt seine Gelder vernünftig oder genussreich verwerten?

Dazu war er nicht geschaffen, wahrhaftig nicht!

Der hätte ja vor einem Goldstück gezittert aus lauter Ratlosigkeit! Er hätte Angst davor gehabt. Der Fritzl hatte oft die Vision des heulenden und konsternierten Maxls, der sich vor seinen eigenen Goldstücken fürchtet.

»Muss man abhelfen«, sagte er sich, und er half ab.

Er durfte nur sagen: »Siehgst Maxl, das Buch wär zu meiner Bildung ausnehmend nötig, wenn ich mir nur das kaufen könnt«, gleich fuhr der Maxl in seine klebrige Tasche und brachte auch den letzten Pfennig zum Vorschein. Nie fragte er ›Was kostet das Buch?‹, nie verlangte er es zu sehen. Oh, er war eine noble Natur, ohne jede Frage, davon war der Fritzl überzeugt, nur konnten ihm derartige Eigenschaften keine Bewunderung abnötigen, im Gegenteil. Stets steckte er das Geld wie einen schuldigen Tribut ein, und seine einzige Sorge blieb, ihre Beziehungen so zu erhalten, dass sie von Maxls Seite aus Grauen und Bewunderung gemischt waren, denn das war am lukrativsten. Aber auch die Gemütsseite zog er in Betracht und ließ von Zeit zu Zeit fallen:

»Wart nur Maxl, bis i Meister bin!«

Und der gute Maxl gab freudestrahlend; er brauchte doch nichts, und der Fritzl hatte die Anlagen, die Bedürfnisse, die Gelüste nach allerhand.

Seit er die Mutter Glocke, oder wie es dem Meister gefiel sie jetzt zu nennen »Jungfer Kloacke«, frech ignorierte und keinen Fuß mehr in ihr Gewölbe, die geheiligte Stätte seiner Geburt, setzte, auf ihre Anrufe und ihre Schimpfereien nicht antwortete, fiel es ihr nicht ein, auch nur einen Pfennig für ihn auszugeben oder sich um ihn zu kümmern, das mochte der Nachbar Kampelmacher tun. Und der tat es wirklich, weil er seinen Spaß an dem Galgenvogel hatte.

»Werd wohl sein Vater sein«, sagte sich Jungfer Kloacke und fühlte sich aller Mutterpflichten freudigst entbunden.

Wäre der Meister nicht eingesprungen, hätte das ehemalige Dagerl aus der Obstlerkeuche buchstäblich in Fetzen umhergehen müssen. So machte sich alles herrlich. Vom Meister bekam er die Kleidung, lernte das Handwerk und die Weltweisheit, von der Kuni wurden ihm die Leckerbissen zugesteckt und durch sie bekam er den ersten Vorgeschmack des Weibes, eine gewisse Präparation zur Liebe, das Geld für Allotria lieferte der Maxl, was hätte ihm fehlen sollen? –

Hie und da empfand er eine Art von Gewissensbissen der Elendigkeit und kargen Armseligkeit des hinkenden Maxl gegenüber. Er beschwichtigte sich aber leicht wieder.

»Für die besseren Menschen sind die geringeren als Futter da«, sagte er dann etwa direkt darauf zum Maxl.

Davon war der Maxl tief innerlichst überzeugt. Er fühlte sich als Futter und doch schmerzte ihn die Auffassung des Freundes mehr als dieser ahnte.

Auch die Abstammung, sagte der Meister Jean – Je–an sprach Maxl aus – könnte nichts daran ändern.

Freilich, er bewunderte gerade diese Art Größe an Fritzl, er wäre auch gern so gewesen, mit süßem Grauen dachte er daran.

Eigentlich fantasierte er viel mehr in den großartigen Kampelmacherslehrling hinein, als in ihm war, denn im Grunde war er der Wissendere, der Fritzl tat nur so, er war naiv verdorben. Der Maxl dagegen bemerkte dies und das bei den Kunden, hörte viel, was nicht für seine Ohren bestimmt war, wenn er in den Küchen oder in den Korridoren saß und auf sein »Abonnemahns-Geld« wartete, zu viel zu Hause, wo alles vor ihm verhandelt wurde, (»Is ner der Maxl da«, hieß es) wo die Geschwister nicht bloß vor seinen Augen auf die Welt kamen, sondern wo er Vater und Mutter nächtlicherweile mit wildklopfendem Herzen, erfüllt von dem Bewusstsein, eine Todsünde zu begehen, belauschte und gar bald den Zusammenhang erriet zwischen seinen schlaflosen Stunden, in denen er von wüsten Vorstellungen und dem heißen Gefühl der Sünde gepeinigt ward, und dem Erscheinen eines kleinen Schusterleins.

Er grübelte viel über solche Vorkommnisse, nicht ohne sich in Reue und Furcht zu zerquälen, dass er sich dieser hässlichen und großen Sünde hingab, die ihn wieder und wieder lockte, so verabscheuenswert sie ihm auch erschien.

Aus einem ähnlichen Grunde lockte ihn auch die – freilich nur scheinbare – große Verruchtheit Fritzls, den er für durchaus wissend und verderbt hielt. Oft drängten sich ihm Fragen, Geständnisse auf die Lippen, aber zu feig, und auch wieder zu keusch wartete er lieber darauf, dass Fritzl einmal seine ganze Beichte vor ihm ausschütten würde. Außerdem band ihn an den Fritzl die gemeinsam verlebte Jugend, er verkörperte ihm das Schönste, was er erlebt, sein Streben aus dem Alltag, seinen Drang nach Höherem, die Hoffnung auf eine lichtere Zukunft; zudem: War denn nicht der Fritzl in seinen Augen trotz allem derjenige, der ihn mit in die Höhe reißen konnte, der es versprach und ihn vertröstete?

Mochte er ihm auch manchmal wie der leibhaftige Gottseibeiuns erschienen: Wenn er wieder zu ihm sprach wie früher, wenn er von ihren Plänen redete und gut zu ihm war, vergaß er alles und war glücklich, selig wie ein Kind.

Alles hätte er in solchen Augenblicken für ihn opfern, alles hingeben können im Überschwang des Gefühles, selbst sein Leben, wenn es der Freund verlangt hätte.

Welcher Schlag für den Armen, Einsamen, als er eines Tages erfuhr, der Fritzl sei fort, ganz fort, hinaus in die Fremde! Das hatte er tun können? Er hatte fortgehen können, ohne ein Wort des Abschieds, ohne einen Händedruck für den alten Kameraden?

Der Maxl hatte wohl gewusst, dass die Lehrzeit bald zu Ende sein würde, – aber dass er so kalten Herzens sich von ihm wenden konnte, der seine Freund, der ihm bis zuletzt seine sauer verdienten Gröschlein aus der Tasche gezerrt, nein, es wäre ihm doch ein Frevel erschienen, so schlecht von ihm zu denken! Nur einen Augenblick kam's wie eine Erleuchtung über ihn, einen Augenblick nur sah er blitzartig den kleinen schwarzen Teufel vor sich, dann verging die Vision wieder und der schmerzlich bewegte, elegische, müde und enttäuschte Maxl blieb. Er war wie vor den Kopf geschlagen, betäubt, geknickt, hilflos, ohne Halt. Was sollte er denn nun mit sich und seiner Zukunft anfangen, nun der Starke, der Überlegene, der Herr seines Schicksals gegangen war?

Nun war alles aus, nun war alles gleich. Er war weich wie Butter in gewärmter Pfanne, man konnte ihn zu allem haben. Der Vater, Pseudovater Schuster, der nun auch gern eine oder mehrere Viertelstunden feierte und sein Gläslein Schnaps gern in Ruhe trank, brachte ihn ohne viele Überredung dazu, sich auf den Schusterstuhl zu setzen und einen Schuh regelrecht zwischen die Knie zu nehmen. Von nun an war der Maxl willfährig, roch nach Leder, Pech und Wichse, entsagte den Idealen und allem kühnen Streben und trauerte nur in der Stille seiner Kammer, dort aber mit Nachdruck.

Es gab auch einen, dem die rasche, fast fluchtähnliche Reise Fritzls hinaus in die Ferne eine Leere zurückließ, wenn er auch nicht gerade um ihn trauerte wie Maxl, er ging ihm einfach ab. Das war der Meister Kampelmacher Jean Resser. Es wollte ihn jetzt schier gereuen, dass er die Augen zu gut aufgemacht und hinter die geheimen Händel zwischen der dicken Kuni und dem Fritzel gekommen und allzu kräftig mit Wort und Hand darein gefahren war, sodass der Fritzl, stolz, wie er schon glaubte sein zu müssen, sofort aus dem Hause ging und ihn mit der dicken langweiligen Kuni, die doch nur aufreizend auf ihn wirkte, und den anderen ledernen Gesellen allein ließ. An dem Galgenvogel hatte man doch seinen Witz üben, dem hatte man imponieren können, der machte einem Freude; wie er nur aufpasste auf alles, der Kerl! Schon allein wie er das Wort »Bourgeois« aussprach, »Burschowah«, mit welcher Verachtung, wie verstehend, ganz wie ein Alter! Er konnte mit ihm über die lieben Mitbürger reden, d. h. der Fritzl saß an jedem Abend mit glänzenden schwarzen Dohlenaugen vor ihm und hörte zu, wie er seine lieben Mitbürger verschimpfierte, ja billigte dies durchaus und hatte eine mächtige Freude daran.

»Räudige Philister, Pfennigseelen«, anders hieß sie der Fritzl nicht mehr, wie der Meister, dem es eine Befriedigung und Erlösung war, losziehen zu können, ohne dass jemand protestierte, denn die kleinlichen Verhältnisse drückten ihn und machten ihn wütend. Nun war der kleine Lehrling, der so schön als versöhnender Blitzableiter gewirkt hatte, auch fort, es blieb ihm der einzige, der, den er stets ausgenommen und bei dem er gern ein angenehm bewegtes »neckisches« Stündchen zubrachte, der alte Mahn.

Immer von Zeit zu Zeit sprach er in seinem Laden vor, und stets dienerte der Alte vor ihm wie vor einem hochgeehrten Kunden und stets sagte er: »Was befehlen der Herr Jean Resser« – er sagte »Schohn« – »heut'?«

»Was? Darf man so nicht zu dir kommen, alter Erbfeind und Schleicher?« So oder ähnlich gingen die Reden. »Willst du mir auch die Kreuzer gottsträflicherweise aus der Tasche locken, wie der übrigen Menschheit, alter Blutsauger und Heuchler, der du bist?«

»Gott, Herr Resser, was reden Se dann? Natürlich derfen Se kommen nur zu Besuch. Aber ich hätt' sehe möge, den Herrn Schohn, was er gemacht hätt' vor ä turbulenti Szen', wann ich nit hätt' gefragt untertänigst, was er befehlt und er hätt' zum erste Mal in sein'm Lebe was gewollt kaufe von mir!«

»Gut hast du das gemacht, alter Shylock, gut gestichelt! Aber es hilft dir nix! Ich kauf' doch nix von deinen ranzigen Ladenhütern und zusammengeschnorrten Neuheiten aus dem alten Testament, wenn du auch den Witz des Handels los hast, du Großhändler!«

»Ach Herr Resser, spotten Se nit! Wär' ich gekomme fort wie Sie, hätt' ich gelernt so viel wie Sie, zum wenigste so viel wie Sie!«

»Warum bist du nicht fort? Das auserwählte Volk ist ein Nomadenvolk. Ich seh aber nix davon. Ihr pappt fester wie Pech, wo ein guter Fraß ist. Wie ein Heuschreckenschwarm sind sie über die Länder hergefallen, die Kinder Israels, ausgehungert durch die Wüste.«

»Schohn, jetzt schwätze Se Unsinn. Wann sin mir gekomme? Wisst 'r, wann ihr seid gekomme? – Na also! Und hättet ihr nit gefresse, wann ihr's hätt' richtig verstande? An wem liegt der Schwerpunkt? Grünt nit alles, wo wir sind?«

»Ja, alter Messerwetzer und Ferkelstecher – still, ich weiß deine verborgenen Laster – es grünt, aber für euch, in euern Sack!«

»Schohn, da spricht der Neid. Machens grad' so. Probiere Se doch ämal mit mir ä Geschäft, werden mir sehe, wer zieht de Kürzere. Will ich doch sein ä redlicher Mann und werd' mir's sein ä großi Ehr zu habe der Schohn Resser, der gescheitste Bürger von hier, zu äm Kunde.«

»Mit Speck fängt man Mäuse, alter abgefeimter Gauner, aber nicht einen mit vielen Wassern gewaschenen Kampelmacher. Schäme dich, Aaron Mahn! Aber du benimmst dich deiner selbst würdig, das muss ich sagen! Wir kennen uns, schweigen wir über unsere Stärken und Schwächen!«

Dann saß der Meister Je–an, wie ihn der Maxl hieß, vielleicht eine Zeit lang ruhig, das Kinn auf den Stock gestützt, und schaute mit seinen lebhaften, kaltblauen Augen im Laden umher, bis er irgendeine Ware gewahrte, die ihm außergewöhnlich erschien und ihn reizte. Dann zuckte es um seine Augen und er begann wieder also:

»Der Mahn, der stammt aus Asien und handelt mit Gewürzen!«

»Aber Herr Resser, Herr Resser, ich handel doch mit alte Kleider, mit Schuh, mit Hüt, mit Bücher, zu diene!«

Noch immer starrte Jean Resser nach dem Fenster.

»Der Mahn, der stammt aus Asien und handelt mit Gewürzen.«

»Schohn, sin Se still, wann ich Se doch bitt, ich handel mit alte Kleider, mit Schuh und Hüt und Bücher, sin Se m'r still, es kommt ä Kund.«

»Der Mahn, der stammt aus Asien und handelt mit Gewürzen«, fuhr der französische Kampelmacher unbeirrt, nur lauter fort.

»Herr Resser, ich muss Se nausschmeiße, wenn ich doch zu handle hab mit dem Herrn, wann Se sind nit ruhig.«

»Wo stammen denn die Spezlereien her, red' Mann mit dem gebogenen, geringelten, geschneckelten und ungebügelten Haar?«

»Sie hawwe Borschte!«, schrie der alte Mahn in hellem Zorn. »Und Se wolle mer ruiniere 's Geschäft. Sehen Se, sehen Se, der Kunde is fort.«

»Weil Sie ihm Stiefel mit verbranntem Leder aufhängen wollten, Sie schamloser Sünder, der hat das so gut gesehen wie ich!«

»Nit wahr is es, weiß Gott, Herr Resser, Sie hänge m'r Schändlichkeite an.«

»Gesteh's nur, die Gewürze sind wieder der Lohn deiner geheimen Ferkelstecherei, eine kleine Erkenntlichkeit, wahrscheinlich aus der Oberstadt vom Kaufmann Stettauer –«

»Schweigen Se! Schweigen Se! Ich weiß von nix! Ich stech keine Ferkel ab, Gott der Gerechte, was Sie m'r zumuten!«

»Maul halten! *Taisez-vous*, sagt der Franzose, dass du es weißt, du lasterhafter alter Mann! Freilich treibst du dieses schwarze, ruchlose und geheime Gewerbe. Ich will ja heut selber ein Geschäft mit dir machen.«

»Wolle Se?! Wolle Se?!«, schrie erfreut der alte Aaron und riss sofort dienstbeflissen die Türe des Nebenzimmers auf, die mit dem roten Vorhang verhüllt war, die Türe ins Allerheiligste, wo auf einem hohen Drehsessel das Rosinchen thronte, die wissbegierige Nase fleißig und tief in das Kontobuch getaucht, dass man nur ein paar Löckchers oben heraus stehen sah, da wo der Foliant endete.

»Jetzt hab ich dich überlistet, alter Filou«, drohte lachend in der besten Laune der »gescheiteste Bürger von hier«.

Als das Rosinchen sah, dass der Vater einen Kunden brachte, grüßte es sehr freundlich, drehte mit unheimlicher Eile den Drehsessel rundum – es hatte Übung darin, und es machte ihm noch immer Spaß, – bis er so niedrig war, dass es nur einen kleinen Hupf zu tun hatte, um auf den Boden zu gelangen. Diesen Hupf tat es, knickste dann und verschwand im Laden.

»Schön ist sie nicht und hinken tut sie auch«, sagte der Kampelmacher mit sehr nachdenklicher Miene, ganz wie wenn er erst durch langes Studium zu diesem Resultat gekommen wäre. Er sagte das aber jedes Mal, sooft er des Chlonnenchltrählchens ansichtig wurde, weil er wusste, dass er den alten Mahn damit ärgerte. Und sofort erwiderte der, ganz wie immer: »Was scheen! Was geb ich for die Scheenheit! Geld hat se und en aparte Kopp. Hinkt se mit 'm Kopp? – Nee, da hinkt se nit, und des is die Hauptsach. Deine is scheen wie ä weißer Mehlwurm«, – vor lauter Eifer sagte er »du« – »aber sie hinkt mit 'm Kopp, sie hinkt arg mit 'm Kopp. Von dir hat sie 'n nit.«

Und dann gingen sie friedlich und einig an ihr Geschäft, während das Rosinche den Laden besorgte und darüber wachte, dass niemand ins Hinterzimmer drang, wo zwischen aufgestapelten Schachteln, zusammengepferchten alten Kleidern und geschmierten Stiefeln, die in Reih und Glied standen, eine juristische Frage erörtert werden sollte.

Dass die eine kniffliche war, bedurfte keiner weiteren Erwägung von Seite des Chlonnenchltrählchens. Der Herr Resser, der war ein Geriebener, das merkte sie an dem Respekt, mit dem der Date von ihm redete. Von allen anderen Leuten sprach er mit Hohn, und ganz im Gegensatz zu seinem respektvollen Benehmen im Geschäft, durchaus »despektierlich«, verachtungsvoll und boshaft. Wenn der Resser nicht recht wusste, was tun, durfte sich der Alte auf die Füße stellen, das war eine Ehrensache für ihn! Aber von vornherein war es ja zweifellos, dass der Alte etwas herauszutüfteln wusste. Alle Kniffe und Schliche hatte er los, und außerdem war's ihm eine Mordsfreude, ja ein spezielles Vergnügen, jemanden auf den Leim zu locken und übertölpeln zu können.

Besonders wenn er einem Advokaten ein Schnippchen schlagen konnte!

Sein scharfer Verstand brachte ihm eine Menge Kunden, die neben dem Handel noch einen guten Rat in gewichtigen Dingen des Lebens, besonders in juristischen Sachen von ihm erwischen wollten.

Seine Lebensweisheit erschiene zwar bei näherer Betrachtung erheblich verhockt, meinte der Kampelmacher:

»Deine Weisheit ist ranzig und muffig wie der Geruch deines Ladens«, sagte Jean Resser. Doch war es dem Alten mit seiner scharfsichtigen Bosheit, die er grinsend und händereibend von sich gab, mit seinem unermüdlichen Herumschnüffeln an einer Sache schon oft gelungen, der heiligen Justizia ein Schnippchen zu schlagen. Für solche Dienste begehrte er nichts, dafür wollte er kein Geld haben, – höchstens Gewürze aus Asien und dergleichen. Denn das war sein Stolz, sein Sport, seine Erholung, sein Steckenpferd, ein Ding, dem er, Geld ausgenommen, all seine Leidenschaft lieh.

Dabei kam das Geschäft nicht zu kurz, im Gegenteil, dabei florierte der Laden, denn es fiel kaum einem ein, das Haus Mahn, wo er sich Rats erholte, zu verlassen, ohne einen Kauf gemacht zu haben. Er schaute dann nicht so ganz genau und peinlich aufs Geschäft und das Rosinchen hatte bei solchen Gelegenheiten schon allerlei Ladenhütendes und Anrüchiges fortzupraktizieren verstanden. Soweit war das gut und das Chlonnenchltrählche sympathisierte sehr mit dieser Seite der väterlichen Tätigkeit, nur war ihm hie und da der Übereifer zu viel; es wollte ihm scheinen, als seien Anzeichen da, dass der Date (später sagte es stets »Babe«) das Geschäft zu unwichtig und das Nebengeschäft zu wichtig zu nehmen anfing, es war fast wie eine Manie und machte sie unruhig. Auch heute dauerte die Sache ganz unglaublich lang und das Rosinchen neigte einige Male den »Kopp« gegen die Türe des Nebenzimmers, besorgt, es könne sich um allzu wichtige und deshalb aussichtslose Dinge handeln.

Was sie hörte, beruhigte sie aber gänzlich. Wenn es sich um sonst nichts drehte, als um den Lehrjungen, der fortgelaufen war! Um das Gezeter der dicken Mutter Glocke, die den Meister Resser verklagt hatte, weil er den Buben verdorben hätte, weil er ihn nicht überwacht, weil er ihn von ihr abgezogen hätte! Wie wenn der Fratz nicht schon von Kindsbeinen an in Grund und Boden hinein verdorben gewesen wäre! Mit Ingrimm dachte sie noch der Groschen, die er, damals schon ausgeschämt und raffiniert, ihr abgeknöpft hatte! Das war der Mühe wert, dass die dicke Obstlerin sich auf einmal besann, dass sie seine Mutter sei und Radau schlug, dass er hätte entwischen müssen wegen schlechter Behandlung!

Wie wenn ihre Behandlung so zart und innig gewesen wäre. Das war doch stadtbekannt! Und wieder neigte sie den Kopf mit dem noch immer unheimlich straff gespannten und pomadisierten Scheitel der Türe zu. Nun lachten sie. Das ging über die schöne Kuni, den weißen Mehlwurm, wie der Babe sie nannte. Es war eine reine und ungetrübte Freude, die Schandtaten dieses über alle Maßen verliebten Frauenzimmers zu hören, das in der Töchterschule schon in seinem zwölften Jahr mit Liebeleien begonnen, und das über sie, das Rosinche, zu witzeln gewagt hatte, die im kleinen Finger mehr Grütze hatte, als dieses dicke Ungetüm in seinem ganzen vernagelten, blöden Kopf!

Diesen Ausbund aller Schändlichkeiten, diesen frechen Lehrjungen, den Fritz Glocke, hatte sie zu Liebesgängen benützt und hatte ihm die Taschen mit Leckerbissen vollgesteckt, die sie im eigenen Hause gestohlen hatte! Was denn noch? Am Ende hatte sie diesen grünen Rangen auch noch verführen wollen – pfui Teufel! Wer weiß, ob Mutter Glocke gar so unrecht hatte!

Aber gut war's doch, dass der kleine krummbeinige Gauner fort war, der wäre bei seiner stadtbekannten Findigkeit imstande gewesen, der dicken Kuni noch mehr Gimpel ins Netz zu treiben! Wie wenn sowieso nicht schon genug an ihrem Leimrütlein säßen! Pfui!

Das Rosinchen war ganz von Bitterkeit und Verachtung erfüllt, wenn es an die schöne Kuni dachte, die auch die Seladone anspannte, die andere Leute gern für sich gehabt hätten! Wenn das mit reellen Dingen zuging! –

Sie wünschte dem scheidenden Herrn Resser augenzwinkernd einen »guten Verlauf« und sagte: »Gut, dass der wüschte Kerl fort und unschädlich gemacht is, der is nit zu unterschätze, der hat Qualitäte!«, wozu der Meister Jean Resser ernsthaft und beipflichtend nickte.

Jawohl hatte er Qualitäte und auch seine Tätigkeit für die schöne Kuni war nicht zu übersehen. Wer konnte denn da noch konkurrieren? Schön war sie, dick war sie, reich war sie auch, und konnte diesen abgebrühten Liebesboten, der mit allen Schlichen und Ränken vertraut war, stellen – dagegen sie – allerdings, wenn's auf den Geist ankam, stellte sie ihren Mann und wer weiß, ob ihr Sack Geld nicht schwerer wog, als der der Kuni, wenn die auch mehr Staat machte. Aber eben das zog, das zog! Unwillig schlug das Chlonnenchltrählche auf die Ladentheke. Waren nicht schon ein Paar, die gerade angefangen hatten, ihre süßen Augen nach Feierabend zu bemerken oder ihr nach Ladenschluss selbst süße Augen zu machen, ganz plötzlich abgeschwenkt und ins Lager Kuni Resser übergegangen? Warum? –

Sogar der krumme Zeitungsjunge, der Maxl, wurde puterrot, wenn er nur den Namen Kuni hörte, und wie er sich neulich anstellte, als der schöne weiße Mehlwurm draußen vorbeiging!

Da vergaß er ganz, der Tölpel, dass er sich sonst gern mit ihr unterhielt und ihr sogar schon – natürlich in seiner schüchternen Art – Komplimente über ihre Gescheitheit gemacht hatte!

Das Rosinchen seufzte tief auf. Die Erkenntnis dämmerte langsam in ihr auf, dass sie doch eigentlich mehr für den Kopf und die schöne Kuni mehr fürs Herz, d. h., für die eigentliche Liebe geartet sei. Doch was schadete das?

Dem Rosinchen galt doch, so sagte es sich vor, der Kopf mehr. Trotzdem seufzte es wieder tief und lange. Die ersten Enttäuschungen lagen hinter ihm, und ein paarmal schon hatte es eine große Liebe begraben müssen.

Ehrfürchtig und tiefen Staunens voll über ihre Bildung waren die Verehrer genaht und hatten durch ihre devote und zugleich glühende Art Rosinchens Liebe lichterloh entfacht. Dann ganz plötzlich, nie wusste sie warum – war sie vielleicht noch nicht zärtlich, noch nicht glühend genug gewesen? – hatten sie sie fallen lassen, nicht einmal mehr gegrüßt, ja höhnisch ausgelacht! Sie war in dem Stadium, sich einen kleinen Hass gegen die Männerwelt, insbesondere gegen die studierende, beizulegen, aber es wollte nicht recht geraten. Ein paar verliebte Blicke, eine verstohlen zugeworfene Kusshand, brachten ihre Gefühle ungemein rasch wieder auf den Siedepunkt. Nur hielten sie sich nicht so heiß, denn irgendwoher kam dann stets eine kalte Dusche, meistens vonseiten der schönen Kuni.

»Ich glaub gar, du meinst, die dick' Kuni, der weiße Mehlwurm is die Allerschönst!«, höhnte sie am nächsten Morgen nach des Vater Kampelmachers Besuch, den hinkenden Maxl.

Doch der schüttelte nur traurig und verlegen den Kopf. Was war denn überhaupt mit dem Buben? Der redete ja gar nichts mehr, der lachte nicht mehr in der letzten Zeit, der war ganz verstört!

»Hascht Sehnsucht nach 'm Fritzl, oder bischt verliebt?«, neckte sie ihn. Doch Maxl schluckte nur, wie wenn er das Schwere gar nicht herausbrächte.

»Ich glaub gar, du hascht Sehnsucht! Sei doch froh, dass er fort is, der Gauner, der hätt' dich verdorbe, wann was an dir zu verderbe wär! Du willscht aa nix schaffe! Setz dich hin und mach ordentlich Schuh, is g'scheiter, dein Vater kann so nix, die letschte haben mich gepetzt. Nachher vergisst du auch die Posse, Lieb' und so was, des is nix für euereins!«

Das Rosinchen hatte gut reden. Es war nicht so leicht, einen Fritzl zu vergessen, noch weniger leicht die schöne Kuni und am allerwenigsten leicht war es, das Schusterhandwerk zu lernen, besonders wenn man keine überschwänglichen Talente dazu und gleich gar keine Lust hatte.

»Er is und bleibt a Patzer«, meinte Stiefpapa Knieriem, »ner oan Fleck wenn er grad aufs Loch setzen kannt!«

Aber nicht einmal das brachte er zusammen. Wenn er eine Stunde oder gar ein paar Stunden lang gearbeitet, das große melancholische Maul offen, vor willigem Eifer nicht aufschauend, das lange schmale, eckige Kinn tief über eine Sohle gebückt, ohne Unterbrechung hämmernd und allen Kummer mit hinein hämmernd, saß als Krönung des Fleißes der Flicken gewöhnlich neben dem »Z'riss«, eine wichtigere Arbeit vertraute man ihm ohnehin nicht an. Da gab es Kopfnüsse vom Alten, bis die Mutter, weicheren Gemüts und stets durch irgendein zu erwartendes Ereignis elegischer gestimmt, den Maxl wegriss mit der Entschuldigung für ihn: »Wenn er halt koan Freid dazu hat!«

Sie hatte bei aller fehlgeschlagenen Hoffnung sich doch ein gewisses Gefühl der Bewunderung für Maxl bewahrt, fühlte sogar Scheu vor ihm. Er war einmal anders wie die anderen, gewiss, und wenn er auch kein Baron hatte werden dürfen, warum konnte er denn kein Studierter werden? Von ihr aus schon. Aber der Vater wollte ja nicht. Ihretwegen konnte er sie auslachen, sie war überzeugt, dass etwas »Extrigs« in Maxl war, das ließ sie sich einmal nicht abstreiten! Sie hätte wohl alles für ihn ausgefochten, wenn sie nicht auf der einen Seite zu resigniert gewesen wäre und auf der andern Seite eingesehen hätte, dass ein Bündel Kinder da waren, die notwendig das Geld von dem Baron gebrauchen konnten, und an die in stillschweigender Übereinkunft die Monatsrate mit überging.

Der Maxl zerbrach sich in mancher schlaflosen Nacht den Kopf, wo eigentlich sein Geld hinkäme, wie er es für sich bekommen könne, überhaupt, was aus ihm werden solle. Wandern konnte er nicht, wie der Fritzl es kurzerhand getan, auch aufs Handwerk reisen ging nicht, er hatte ja keines los. So musste er wohl Zeitungsjunge und Kuhhirt bleiben, wenn der Himmel nicht ein Einsehen hatte.

Und er hatte ein Einsehen; er schickte gerade den Fritzl wieder zurück, zu einer Zeit, wo der arme Maxl sehr unglücklich war. In seinem Beruf als Zeitungsjunge wurde er schon ganz erheblich verdunkelt durch den jungen Bruder, der ihn schon geraume Zeit unterstützte. Die Unterstützung war so kräftig, dass der Maxl zum bloßen Schemen herabsank. Der Bruder war größer, frisch, stets wohlgemut, glich ganz der Mutter in jüngeren Jahren und pfiff und lachte und schwätzte den ganzen Tag. Dumm war er wie Bohnenstroh, aber hübsch, da musste der Maxl freilich zurückstehen! Alle Kunden machten enttäuschte Gesichter, wenn er draußen stand und nicht der fidele Karl, und wenn er noch so höflich war. Das tat weh, das wurmte ihn, das ließ ihn nicht fröhlich werden.

Doch gab es eines, das ihn wieder tröstete, und darüber wachte er eifersüchtig: Das Interesse und die Teilnahme, nein, die Würdigung seiner Person, die er sich bei einigen Kunden erworben. Das waren solche, die den Bruder übersahen, sich aber mit ihm beschäftigten, die ihm Tropfen der Wärme und Anerkennung gaben, wonach seine Seele lechzte.

Da war vor allem der Herr Mahn, der erste Gönner, dann auch der Meister Je–an Resser, der sehr schwer zu behandeln war, auch sein alter Lehrer aus der Sonntagsschule und seit Kurzem ein junger Geistlicher. Alle vier, jeder in seiner Art, knüpften Gespräche mit dem Maxl an, großenteils über den Inhalt der Zeitungen, denn Maxl war ein eifriger Zeitungsleser und die Politik – zu jener Zeit das neue deutsche Reich und der »Bismarch« insbesondere interessierten ihn ungemein. Politik und Vaterland – wenn er nur immer Auswege aus den Wirren gefunden hätte!

Kam er zu Herrn Mahn, so sagte der so, und kam er zum Herrn Kaplan, so sagte der ganz anders. Der Herr Lehrer meinte, er verstünde das doch nicht und der Herr Resser ließ sich wiederholen, was die anderen drei gesagt, und lachte sie dann alle drei aus.

In politischen Dingen wandte er sich daher am liebsten an den Herrn Mahn, der ihn fast für voll nahm und sich keine Gelegenheit entgehen ließ, dem Zeitungsjungen in Wichtigkeit und Würde zu imponieren. Ja der Maxl hatte schon des Öfteren in das kleine Heiligtum eintreten und hatte dort sich setzen und mit dem Herrn Mahn disputieren dürfen. Alle politischen Gesinnungen, z. B., die dieser nicht direkt an den Mann – in diesem Fall an den Herrn Resser – sich zu bringen getraute, mussten durch den Maxl zu dem französischen Kampelmacher gebracht werden. »Sag's auch dem Meister Resser«, rief gewöhnlich der Herr Mahn noch augenzwinkernd nach.

Der Herr Mahn war nämlich ein ganz fanatischer Bismarck-Verehrer, der Herr Resser als Halbfranzose stand der Verehrung sehr skeptisch gegenüber und der Maxl, treu der Schule des Herrn Kaplan, hasste ihn wie die Pest, wenn er auch in seinen tiefsten Tiefen, zwar mit Grauen, aber dennoch, der Verehrung zustimmen musste.

»Der ist das böse Prinzip für Bayern«, sagte der Herr Kaplan, »der wird alles zusammen in unserm schönen Bayern auffressen, das Geld, die Kirchen, die Fürsten und unser Gemüt.«

»Herrgott, wann er's norr fresset eure Kirchen und eure Ölgötzen von Pfaffen dazu, und euer Gemüt erst recht. Ihr werd't so noch zu würge hawwe dran, wann ihr's alleen nunter bringe wollt.«

»Herr Mahn, ich sag's Ihnen, der ist der Antichrist.«

»Maxl, du bischt ä annehmbarer Bursch sonst, aber in der letzte Zeit riechscht du nach Weihrauch und des kann ich nit rieche!«

»Herr Mahn, Sie werden noch an mich denken, warten S' nur, wenn es zu spät ist, wann unser schönes Land Bayern verwüstet und gefressen ist, sagen S' nur, ich hätt's g'sagt.«

»Maxl, du hascht ja kein Standpunkt, du bischt ä Pfaffeknecht, merk ich, und ä rechtes Entwicklungshindernis, du und dein Kaplan erscht recht. Das soll auf euch komme, ihr verwüstet das Land Bayern, ihr ruiniert's, ihr arbeitet dem größte Mann unseres Jahrhunderts entgege, du, ja du! Was wirst du d'r ämal Vorwürf mache, du siechscht's ein, später, ich wett' du siechscht's ein!«

Und er entwarf ihm ein Bild des großen und gewaltigen Mannes, dass der Maxl im Innersten gepackt voller Bewunderung und Scheu und doch voller Grausen zuhörte. Ganz wie beim Fritzl, dachte er sich, den hatte er auch gescheut und doch nicht von ihm loskommen können, ihn gehasst und doch wieder war er an ihm gehangen. Und genau wie es ihn zwang, obwohl er es nicht gewollt, beim Herrn Kaplan vom »Bismarch« zu reden, musste er beim Herrn Resser vom Fritzl anfangen.

»Halte deine Seele rein, unterliege nicht den Versuchungen und den listigen Reden, den gleißnerischen, die dir glatt eingehen und dich doch vergiften, hasse den Verderber unseres Vaterlandes, den Vernichter unserer heiligen Religion, höre nicht auf den Versucher und bleibe stark. Der Mann, dessen Namen ich nicht nennen will, ist wie die Schlange in dem gleißenden Gewande und sät Verderben. Lass dich nicht bestechen.« So der Kaplan.

Also hin- und hergerissen kam er dann zum Herrn Resser und da war's der Fritzl, der ihn zum Reden zwang, denn den Bismarch hatte der Herr Resser sehr bald abgetan.

»*Voyons*, es wird nicht zu lang dauern, die Glorie mit dem neuen großen deutschen Reich, und dem großen mächtigen Kanzler, nachher sitzen wir gleich wieder in der Tinte oder im Dreck. Ich kenn ja meine Deutschen, ich kenn ja meine Bayern! Lass nur den Herrn Mahn tanzen vor Freude, er schreit schon noch einmal Zeter und Mordio, wenn's an die Steuern geht – was bei der G'schicht zuletzt doch rauskommt, sag ich und das todsicher! Wenn der ärgste Rummel vorbei ist, nachher wollen wir wieder reden, das dicke End kommt schon nach. Deswegen brauchst du aber nicht zu meinen, ich halt zu deinen Schwarzröcken, die ganz Bayern am liebsten mit ihren Kutten zugedeckt hätten, damit ja kein Licht hereinkommt und alles schön dumpf und dumm beieinander bleibt, von der Sort mag ich nix wissen, *parbleu*, die braucht mich keiner kennenzulernen.«

Der Maxl schaute ihn nachdenklich und immer nachdenklicher an: »Was werdet denn der Fritzl zu dem allen sagen?«

»Der Fritzl? Was red'st denn vom Fritzl? Was brauchst denn alleweil vom Fritzl z'reden? Ich will nix hören vom Fritzl. 'n ganzen Tag hört man vom Fritzl, kein Aufhörens is, zu Tod möchst dich ärgern. Eine dumme freche Kanaille ist er gewesen, ein Galgenvogel, sei still von ihm, er soll fortbleiben, fort soll er bleiben, meinetwegen dort, wo der Pfeffer wächst.«

Wäre der Maxl nur ein besserer Menschenkenner gewesen, hätte er sich die Aufregung und das ungewohnte Wesen des französischen Kampelmachers schon richtig gedeutet, so fürchtete er sich vor dem Mann, der förmlich tobte und dessen Gesichtsfarbe ganz blaurot wurde, und schlich sich verzagt und bedrückt fort. Nein, der Meister würde den Fritzl nie wieder rufen! Hätte er nur geahnt, wie gern der Alte den fixen frechen Lehrbuben wieder dagehabt hätte! Es freut ihn ja die ganze Zeit nichts mehr, ihm ging er ab, und der Kuni ging er auch ab, das konnte ja ein Blinder sehen! Schließlich war es auch kein so fürchterliches Verbrechen, dass er den Liebesboten der verliebten Kuni gemacht, *die* war schuld, niemand sonst wie die. Und bei jeder Gelegenheit fiel er über sie her, sie hatte den Fritzl so schlecht gemacht, sie hatte ihn abgerichtet, wegen ihr hatte er fort gemusst, sie war schuld an allem und »wer weiß denn, wie's dem armen Teufel jetzt geht, und wo er ist?!«, schrie er die verdutzte Kuni an, die sich die Sache nicht ganz zurecht legen konnte. So viel Schlauheit besaß sie aber doch, halb schüchtern, halb willfährig zu tun, um den Alten zu besänftigen, der sie in der letzten Zeit schon behandelte, dass es nicht mehr schön war!

»Ich weiß, wo er is, ich schreib ihm, wennst meinst.« (Ihr lag ja nicht allzu viel am Fritzl, obwohl er ein sehr brauchbarer und gewandter Liebesbote geworden und geschwiegen hatte wie das Grab.)

»Mach was du willst, Kamel!«, schrie der Meister und schmiss dröhnend die Türe hinter sich zu, als ob er im allerhöchsten Zorn wäre.

So kam der Fritzl wieder ins Haus. Der Fritzl, gereift, der würdige Fritzl, der erfahrene Fritzl, der Fritzl, der einen Anflug von Schnurrbart hatte, und der tat, als erweise er dem Hause Resser eine Gnade. Der Meister brummte ihn zwar an und ließ ihm nicht die Ehre widerfahren, sich erzählen zu lassen, wie es ihm gegangen, aber der Fritzl war ein besserer Psychologe als der arme hinkende Maxl; er wusste genau, wer ihn eigentlich wieder hatte haben wollen, und da er weder Schüchternheit noch Empfindlichkeit kannte, trat er mit Sicherheit im Hause auf. Besonders der schönen Kuni suchte er zu imponieren. Keine Rede davon, dass sie ihn etwa hätte als Träger für ihre Botschaften verwenden können! Das getraute sie sich nicht mehr, er war für sie ein anderer geworden. Alle Tage gab er ihr Gelegenheit, ihn anzustaunen – ihre Beziehungen wurden nach und nach wesentlich andere.

Auch der Maxl, der ganz erschrocken war vor Glück, dass der vielgeliebte Freund wieder gekommen, getraute sich nicht mehr wie sonst dem Fritzl alles zu verraten. Besonders wenn sie auf die Politik kamen, ließ er den anderen nicht gern in die »Tiefen seiner Seele« blicken. Für Politik hatte der Fritzl nur ein Achselzucken. »Deutschland? – Der gewesene Krieg? Und gar der Bismarck? – Wer fragt denn danach draußen? Des san Bagadelln«, er sprach jetzt nur ausnahmsweise Dialekt, – »ist ja alles schon längst vorbei!«

Wo das »draußen« eigentlich lag und was er unter dem »draußen« eigentlich verstand, verschwieg er hartnäckig und mit abweisender Überlegenheit, wenn der Maxl etwa gar fragen wollte.

Dagegen ließ er sich herab, dem Kameraden die Abgründe seines Busens zu entschleiern. Zum Beispiel: »Ich verleugne ja meine *chère mère*; siehst, das ist mir ein Mordspläsier, so an ihrem Standerl vorbeizugehen, die Nase in der Luft, und einen Gassenhauer zu pfeifen. Ich bin einmal so großartig angelegt!«

Sehr kalt und von oben herab, mit Kennermiene seine Zigarette rauchend, meinte er auch: »Siehst du, mein Braver, mein Ehrgeiz is, Lump zu werden und über eure wohlgeordnete miserablige kleine Welt zu triumphieren.«

»Wie der Bismarch!«, dachte der Maxl. Grausig, richtig grausig war's, und es überlief ihn kalt, und doch war es schön!

Der Fritzl sah wohl die Wirkung auf den armen Krüppel, umso mehr stachelte es ihn an, ihm dosenweise von seiner »Verruchtheit« einzugeben, ihn auf jede Weise zu konsternieren, irr und wirr zu machen, und trieb es so weit, dass der Maxl beinahe vor Abscheu entflohen wäre.

Denn er ließ Weibergeschichten hereinspielen – Erfahrungen mit Weibern in der Fremde – ganz nonchalant, ganz Weltmann, brachte er das vor, natürlich sprach er auch von des Meisters Töchterlein, der weißen, schönen und begehrlichen Kuni. Der Maxl wollt sich erstaunen? Oder gar entrüsten? Was gab's denn da sich zu erstaunen? Was gab's denn da sich zu entrüsten? Eine ganz selbstverständliche Sache! Der Alte war ihr hinter zu viel Schliche gekommen und hielt sie an der Kette, keinen Schritt kam sie aus dem Haus. Aber er war doch da, er. Und ein Esel wäre er gewesen, wenn – oder etwa nicht?

Das rieb er mit einem verschmitzten und zynischen Lachen, dabei mit einem bedauerlichen Senken der Mundwinkel dem Unerfahrenen unter die Nase, der am ganzen Körper zitterte wie unter Geißelhieben – des Meisters Tochter? – die schöne Kuni? –

Das machte ihm schwerer zu schaffen als der Fritzl nur ahnen konnte!

Die Kuni, und die Dicken überhaupt, spukten in seinen Träumen, erregten die allersündhaftesten Gedanken in ihm, Gedanken, die er verabscheute und die er hasste; er verehrte doch die schöne Kampelmacherin, er hielt diese Liebe wie ein Heiligtum und hätte es nie gewagt, sich auch nur durch einen Blick zu verraten – und trotzdem –

Aber dieser Fritzl! – –

Seit die Note »Weib« und die spezielle Note »Kuni« angeschlagen war, bekamen die Zusammenkünfte mit Fritzl, die freilich spärlich genug waren, eine Art infernalischer Anziehungskraft für ihn. Gewissensbisse folgten regelmäßig und ihnen schwere Nächte und viele, viele heiße Tränen, und der Maxl mied den Herrn Kaplan und die Politik und das für ihn noch immer neugebackene deutsche Reich mitsamt dem Bismarch, und die Unterredungen mit dem Herrn Mahn kamen total in den Hintergrund, ja der Maxl kniff aus, wenn der Herr Mahn ihn je stellen wollte.

Kopfschüttelnd meint der alte Jude: »Er is ja meschugge, der Maxl!«

Auch dem Herrn Je-an Resser hielt er nicht stand; scheu und bedrückt schlich er um den herum und fühlte sich als Mitwisser des schrecklichen Geheimnisses. Wie könnte er ihm denn in die Augen schauen? War er nicht beinahe ebenso schlecht wie der Fritzl? Und wenn nicht alles trog, der Alte wusste etwas, der Alte wusste etwas! –

Warum wäre denn von Tag zu Tag sein Blick finsterer und unruhiger geworden? – Und warum sah denn keiner mehr die schöne Kuni? Und ihn selbst, den Meister, auch nicht? Er lief ja nur im Hause herum, er kam ja kaum über die Schwelle!

Und eines Tages packte er den Maxl am Arm und schrie ihn an, mit einem vor Wut kirschroten Gesichte: »Wo ist er, dein sauberer Kamerad? He? Wo ist er?« –

Dem Maxl wurde gleich eiskalt und alle Sünden fielen ihm ein. Er hatte den Fritzl ja selbst eine ganze Woche lang nicht gesehen! Er brachte kein Wort heraus.

»Fort ist er, die Kanaille, fortgeschafft hab ich ihn, den Dieb, den Nichtsnutz, den Schleicher, den Galgenvogel! Was machst du denn für ein Gesicht? Willst du auch heulen und schreien um das Früchtel, wie die da droben! Geh nauf zu ihr und heult zusammen! Pfui Teufel!« Und schlug die Türe zu und ließ den erschrockenen und verzagten Maxl mit seinem Schmerz und seinen Zeitungen stehen. –

Nun kamen Tage und Wochen, wo der Meister Je–an jeden Tag im Laden des alten Mahn zu finden war. Er konnte sich ja nicht anders mehr helfen. Irgendwo musste er seinen Ingrimm ausleeren, irgendwen musste er haben, der ihn in seinem verwirrten Schmerze verstand, der ihn reden ließ und sich nicht seiner Demütigung freute. Denn er war doch im Grunde der Blamierte. Die zwei hatten ihn angeführt, dass es eine Art hatte.

»Nie hätt' ich gedacht, dass die Kanaille (damit war von nun an stets der Fritzl gemeint) so dumm wäre, so was im Haus anzufangen! Und das ist meine Schuld, alter schlauer Hebräer, der nun über mich schmunzelt, ist das nicht blamabel? Die elende Kreatur triumphiert über *mich*! Dabei hat sich doch die Kanaille alle Chancen verdorben! *Borné, borné!* Ich sag's ja! Und diese Kuni! Auch da hab ich mich verrechnet. Dieser elegische Fettkloß, diese unbewegliche Maschine! Es ist zu blödsinnig! Ich hab gemeint, schieb ihr ein Riegerl vor, lass sie nicht fort, behalte sie im Aug, das ganze ist eine Backfischverliebtheit, mehr bringt die nicht zustand, die hat das Temperament der Mutter, das heißt eigentlich kein Temperament – ja! Prost Mahlzeit! – weil kein anderer erreichbar war, hat sie sich mit dieser elenden Spezies der Männlichkeit eingelassen. Und wie eingelassen, Mahn! Sie heult, sie schreit, sie brüllt: Und grad 'n Fritzl will i, und der Fritzl muss her und du schaffst 'n Fritzl wieder her, und ob er schön is oder net, is gleich, er is mei Fritzl und her muss er! Mahn, ist das nicht schauderhaft und eine ganz gemeine Niederlage, wenn man sich so irrt, noch dazu in einem so ganz gewöhnlichen Frauenzimmer? Sie stampft mit den Füßen, sie bockt und redet kein Wort, sie tobt zur Abwechslung, sie dreht den Kopf herum, wenn sie mich sieht, das macht mich ja ganz verrückt, hätten Sie das dem Fettkloß zugetraut?«

Und der alte Aaron schüttelte den Kopf, obwohl er im Stillen dachte, jawohl hab ich's deinem schönen weißen Mehlwurm zugetraut! Was sollte er denn den Meister Kampelmacher in seinem ersten Schmerz gar zu sehr reizen? Er war ja ganz verändert! Ganz kopfscheu und wunderlich war er geworden. Er bewachte die dicke Kuni wie ein Kettenhund, kaum dass er sich über die Schwelle traute.

»Das *cherie-erl* wird bald lamperlfromm werden«, sagte er einmal zum alten Aaron in seinem ingrimmig spöttischen Ton, halb französisch, halb oberpfälzisch. Doch trotz des »Lamperlfrommseins« gab er sein Bewachungssystem nicht auf. Die ganze Stadt lachte ihn aus, aber er merkte es nicht. Den Wächter zu spielen, machte ihn vollständig kaputt. War denn das ein Beruf für einen Mann, ein liebestolles Mädel zu hüten? Und gerade wie er es anstellte, das machte ihn komisch, er passte gar nicht mehr auf die Kunden im Laden, und vor lauter Zuhausehocken wurde er krank.

Sogar der alte Aaron erlaubte sich nun, sich für die früher erhaltenen Stiche rächend, Bemerkungen, die nicht gerade feinfühlig, wenn auch immerhin treffend waren.

»No, hinkt se noch im Kopp?«, frug er vertraulich. »Ich mein' als, sie hinkt noch wo ganz anderscht; meine hinkt immer noch uff zwee Been.«

Und das ließ sich der französische Kampelmacher jetzt sagen!

Er musste wirklich nicht gesund sein, oder so apathisch, dass ihm alles gleich war. Das Geschäft ging nicht und interessierte ihn nicht. Gesellen kamen und Gesellen gingen und oft hatte er überhaupt keinen.

»Ist mir alles eins«, sagte er zum alten Aaron.

»Jee–an – Jee–an, Sie müsse sich aufrapple, so ä alter Menschenver-
ächter!«, suchte ihn der Date wieder aufzurütteln. Aber nichts half, er
war so und blieb so, und eigentlich hatte der Aaron jetzt Oberwasser.
Nur lohnte sich's kaum mehr. Der alte Kampelmacher war nicht einmal
ein schwacher Schein von dem, was er früher gewesen.

»Aaron, passen Sie gut aufs Rosinchen auf! Wenn sie auch knipperl-
knappt, wissen Sie, in Gefühlssachen da gibt's kein Knipperlknapp, die
Lieb, das ist eine undefinierbare Affäre, da kann's trotzdem glatt gehen«,
sagte er einmal.

Der alte Mahn schüttelte den Kopf. Der französische Meister gefiel
ihm gar nicht, er dachte nur mehr an solche Sachen. Und wie grau
und verfallen er aussah! Er schaute ihm beim Heimgehen nach. Sooft
sie sich auch stritten in der letzten Zeit und sich früher gezankt und
gehöhnt, und so schwer er oft die Verachtung getragen und die bitteren
Worte gefühlt hatte – jetzt überkam ihn ein echt menschlicher Zug. Er
lief dem Manne nach, der so gebeugt seinem öden Hause zuging, er
wollte ihm sagen: »Gib acht auf dich, du bist krank, halte dich, schone
dich, denk an dich«, aber er brachte es nicht über die Lippen, er
schämte sich und sagte nur:

»Kommen Se ja bald wieder und halte Sie sich gut!«

Am nächsten Tage war der Kampelmacher schwer krank und in einer
Woche tot.

Und prompt nach seinem Begräbnis tauchte der idealste aller Kam-
pelmachergesellen, der Fritzl, nach mehrjähriger Abwesenheit wieder
auf. Dieser erstaunliche Rapport setzte sogar die allerschwerfälligsten
Menschenkinder in ein pfiffiges Erstaunen, und als er als »Leiter des
Geschäftes« auftrat, sagten sie schmunzelnd: »Haha!«, und allerlei Reden
gingen.

Doch der Kampelmacherfritzl, jetziger wohlbestellter Geschäftsführer,
schritt lächelnd durch den Sumpf der trüben Reden und erhob sich
mit einem Hinaufziehen seiner roten Nase und einem verächtlichen
Schnauben über all die üblen Dünste.

Er kam mit Errungenschaften zurück, er konnte Erfahrungen aufweisen, *sacrebleu!* Er würde schon einen andern Schmiss in das Geschäft
bringen! Wenn das nicht im Triumph einziehen hieß in die Stadt der
Philister!

Sie schimpften? – Wenn sie nur noch mehr geschimpft hätten! Sie schimpften ja viel zu wenig! Wenn sie nur alles von ihm gewusst hätten! Er konnte es doch nicht auf dem Marktplatz ausposaunen lassen!

Die durchaus einfachen und durchsichtigen Beziehungen zu dem Fräulein Meisterin waren doch nicht der Mühe wert, dass man seinen Namen in den Mund nahm! Man setzte ihn ja eher dadurch herunter, indem man ihn unterschätzte!

Sie stempelten ihn ja beinahe zu dem Philister, der so schön unter ihnen gedieh!

Einstweilen arbeitete er wie der Feind und lachte sich den Buckel voll. Er wäre ja ein Esel gewesen, hätte er die fette Taube aus der Hand gelassen, um sich etwa nach irgendwelchen unsicheren Spatzen auf dem Dach umzusehen! Das Geschäft hatte er ja sicher, die alte Kundschaft wollte er schon wieder kriegen und neue dazu!

Und wenn er jetzt, noch viel, viel wichtiger als früher, hochnäsig und von Verachtung für einen großen Teil der Bewohner seiner Heimatstadt erfüllt, über den Marktplatz zappelte, war er nicht mehr der Kampelmacherfritzl oder der Geselle, er fühlte sich Zoll für Zoll als Meister und war nur ärgerlich darüber, dass er alle diese Hinterwäldler nicht zu seinem Pläsier in seine Seele schauen lassen konnte.

Den Maxl suchte er erst nach ein paar Wochen auf.

Er fand ihn in der Schusterwerkstätte, einen Stiefel heiß bearbeitend, worüber er sehr betreten war und sich vor dem alten Kameraden weidlich schämte.

Doch der, gebläht von all den Dingen, mit denen er Maxl imponieren wollte, übersah die erniedrigende Tätigkeit und drängte ihn nur hinaus auf die Gasse und dann weiter fort.

Unwillkürlich schlugen sie ihren früheren Weg durch die Paradeisgass ein, wo sich noch immer Rudel von ungewaschenen Kindern balgten, zerraufte Weiber zu den Fenstern heraushingen, und ihnen alles nachgrinste und nachspottete.

Der Frühling lag in der Luft, und sogar bis in die enge Gasse kam ein warmer Wind von der Allee her, der den Duft des jungen Grüns brachte, und von weiterher, wo der Bauer seinen Pflug in die Erde stieß, den Geruch der jungen Schollen.

Aber die zwei merkten nichts davon, sie gingen durch das alte Tor und auf der Landstraße weiter gegen die Kräuterwiese zu, ganz aus alter Gewohnheit.

Sie sahen nicht, von welch strahlender Bläue der Himmel war; wie blank poliert stand er über den Bäumen. Sie sahen nicht, in welch feinem blauem Duft die fernen Höhen schwammen, sie spürten nichts von dem Keimen und Treiben und Drängen und Knospen ringsum, ja der Fritzl wäre gewiss sehr ungehalten gewesen, hätte ihn jemand darauf aufmerksam gemacht. Konnte man etwas damit anfangen? Brachte es Geld? Brachte es vorwärts? Auch der Maxl hätte wohl seine blauen Augen sehr verwundert aufgerissen, aufmerksam auf diese Dinge hatte ihn ja niemals jemand gemacht. – Wenn es warm war, trieb es aus, wenn es kalt wurde, wieder ein; regnete es, so war das sehr unbehaglich und man musste einen großen groben Sack über den Kopf ziehen, und schneite es, so hieß das sicher der Winter und man musste brav in der Schusterstube sitzen, und das war ihm in den Tod zuwider.

Freilich, so ein unbestimmt wehmütiges Gefühl hatte er oft gehabt draußen, wenn der Herbstwind in die alten Bäume fuhr, oder wenn alles blühte und die Lerchen ober ihm jubilierten, aber das ging vorüber, es gab so viel zu denken für ihn, so viel! Da war die Mutter und der Baron, der einstige Besuch, der Krieg, von dem er so viel hatte erzählen hören, der »Bismarch«, seine Zukunft und vor allem dieser Fritzl neben ihm, der ihm immer unverständlicher und unheimlicher wurde, und der jetzt immer heftiger auf ihn einredete, je weniger er selbst sagte.

Er musste ja alles heraussprudeln, warum hatte er sich seinen Triumph dem Krüppel gegenüber auch so lange verkniffen? Er barst ja förmlich von all dem Aufgestapelten!

Und da hinkte der neben ihm her mit einem Gesicht wie aus Stein geschnitten. – Wie? Der maßte sich wohl zum ersten Mal an, ihn zu missbilligen?

Er blieb stehen und drehte mit einem Griff den andern sich zu.

»Du bist gewiss ein ganz Moralischer worden?«

– – – – –

»Wer hat dich denn so fest in den Klauen g'habt?«

– – – – –

»Was is los? Red, Mensch!«

– – – – –

»Du willst mir, *mir* gewiss eine Moralpauke halten?!«

Der Fritzl schlug sich vor Vergnügen auf die spitzen Knie, aber der Maxl kannte seinen Ton zu gut, eine ferne Wut grollte schon mit – der Quartalszorn der Dame Vevi. –

Trotz dieses drohenden Anzeichens hielt sich der Maxl nicht länger; noch immer trug er eine keusche Liebe zur schönen Kampelmacherin in sich herum, und diese Liebe war nun besudelt und begeifert von dem, der so frivol und prahlerisch von ihr sprach.

»Ich kann's dir nicht verhehlen«, – er schaute den Fritzl aber nicht dabei an, der den Kopf auf die linke Seite gelegt, wie ein lauernder Rabe wartete – »ich muss dich als Verführer brandmarken.«

»Was?«, schrie der Fritzl und schlug ein wieherndes Gelächter auf. »Unschuld vom Lande! Fünfe hat's vor meiner g'habt, und vier Jahr is älter! Der Verführer ist sie, ich bin unschuldig wie ein Neugebornes in ihre Hände kommen, du hast mich doch kennt! Aber mein' geraubte Unschuld hab ich mir bezahlen lassen! Da hat sie Angst kriegt! Geld, du Kamel, muss man aus allem schlagen; ich pfeif auf deine Grundsätz, tragen sie dir was ein? Ich pfeif auf deine Moral, hat sie dich vorwärts bracht? Ich hust auf deine Ideale, wenn sie dir koan Pfennig net einbringen. Du meinst g'wiss, ich liebe diese Dame? Keine Idee! Sie ist mir im Gegenteil beschwerlich, aus Gründen, die ein so moralischer Herr nicht versteht, ich hab sie eigentlich satt, aber davon redst du kein Wörtl, das bitt ich mir aus. Was verstehst du auch davon! Aber ich! Aber ich! Mich hättest verfolgen sollen! In Sachen der Liebe hab ich mannigfaltige Praxis. Ich war so und so oft verlobt. Beinah habe ich mit Bräuten gehandelt, und so oder so is was für mich herausgesprungen. Das verstehst du nicht? O nein! Du bist zu i-de-al dazu? – Solang das weibliche Geschlecht so leichtgläubig und so narret aufs Heiraten aus is, und du kannst dir einen Schmiss geben, ist das stets ein lukratives Geschäft und für einen Mann meiner Quantitäten g'rad nur eine Ba-ga-telle. Kapierst du das? – No, das Anbringen ist alleweil der schwierigere Teil. Ich merk's jetzt auch, die Sache wird brenzlich. Sie will viel zu rasch geheiratet sein. – Was? – Mach mir doch koane sechtenen Augen an! Was is denn nachher? Mädchenhändler bin ich gerade keiner, wär aber gar nicht zuwider! – Dazu langt's aber nicht bei mir, das seh ich schon ein, da gehört ein anderes *avec* dazu, mir fehlt die Rountine, die Bildung.«

Der Maxl humpelte wie vor den Kopf geschlagen neben ihm her und schwieg hartnäckig.

Da frug der Fritzl, ganz gönnerhaft, ganz nebenbei: »Und du, du armer Tropf, was hast denn du ang'fangt, weil ich nicht da war? Was treibst denn? Was? Lateinisch hast ang'fangt? Der Herr Kaplan will dir Stunden geben? Zu was denn? – Messner willst werden? A sechtens Latein lernst? – Der Teufel soll dich holen, wenn du ganz unter die Kutten kriechst! Da is freilich mein Evangelium nix für dich. Messner will er werden! Auch ein Beruf! Auch ein Ehrgeiz! Kerl! Erschlagen sollt man dich. Hat der Hanswurscht einen Baron zum Vater und lasst sich aus Gnade noch die schäbige Rente ausbezahlen, die der andere nimmer schuldig is! Was hätt' ich aus dem Baron gemacht! Ich hätt' gar nicht gefragt, was der Baron aus mir gemacht hätt'! – A Hüaterbua, a Zeitungsbua, a Schuasterbua, a Messner! Lauter schöne Berufe! Opfer deiner Solidität! Pfüat di' Gott! Wir haben nix mehr gemein.«

Der Maxl ging wie in einem dumpfen Rausch heim. In all dem Wirrwarr ängstigte ihn am meisten, dass der Fritzl, der so eine grandios-furchtbare Lebensauffassung hatte, ihn geringer wertete, als er verdiente. Er war ja nicht zu Wort gekommen! Und es war nicht ganz so, wie sich's der Fritzl einredete. Er war kein Pfaffenknecht, er war auf seine Art aufgeklärt. Hatte er denn nicht eine Leidenschaft fürs Theater, und trug er nicht jeden Pfennig in den Musentempel? Das konnte er nicht vorbringen – und das betrübte ihn so sehr. Es war ja ganz, wie wenn ihm der Fritzl den Laufpass gegeben hätte! Gewiss kam er nie, nie wieder! –

Der Maxl irrte sich; ein paar Wochen darauf kam er wieder angetrippelt, und es fiel ihm gar nicht ein, ein Rad vor dem armseligen Maxl zu schlagen oder den Wüstling zu mimen, er kam sehr still, er kam sehr niedergeschlagen, gar nicht als zukünftiger Meister Kampelmacher, er kam als arme Seele, die erlöst sein wollte, die niemanden sonst weiß, der sie erlösen könnte. Diese Not! Sie wollte sofort geheiratet sein! Nichts wollte sie ihm vermachen und verschreiben vorher! Und er konnte sich nicht entschließen, jetzt wenigstens noch nicht.

»Halt sie doch ein bissl hin, Maxl, lenk sie ab, mach du ihr den Hof, streich mich raus, bring's dahin, dass sie mir was verschreibt, – gleich! – ich kann mich net so schnell entschließen. Heiraten! I weiß gar net, was i noch alles vor meiner hab! Geh, mach du ihr an Bliemelblamel vor. – Was sagst? Du liebst sie trotz alledem? – Umso besser!! – du kannst net? Was? Du weigerst dich energisch? – Nein, sagst du? – Mein Freund bist du gewesen! Also nicht einmal dieses Opfers bist du fähig! Und was hab ich für dich getan! Wie hab ich dich in der Höhe gehalten! Geh unter, geh zum Kuckuck, es ist aus mit uns zwoanen, denn du jagst mich ins Verderben.«

Die Kehle von wütendem Schluchzen gepresst, ging er diesmal von dem alten Kameraden weg. Also weg ins Verderben, dachte der Maxl. Aber es kam nicht so schlimm, als er gemeint, im Gegenteil, der Fritzl bewährte sich als Glückspilz. Wie durch ein Wunder entkam er der drohenden Ehekatastrophe. Die dicke, allzu verliebte und allzu hartnäckig anhängliche Kuni und jetzige Meisterin, das zukünftige unbequeme Eheweib, stand eines Morgens nicht mehr auf. Aus war's mit ihr. Wie ihre Mutter war sie gestorben. Am Herzschlag sagte der Arzt, am Gefühl erstickt, behauptete mit dem verstorbenen Alten der Fritzl.

Und ein Testament war da, ein regelrechtes Testament, das ihn fast ganz allein zum Erben einsetzte, ihn, den »vielgeliebten, getreuen und angebeteten Bräutigam«.

»Bin ich ein Glückspilz! War sie eine noble Seele! Wie bin ich aus der Katastrophe so schön herausgekommen, und was für ein Engel war sie, die Verstorbene! Das hätte ich dem Dicksack gar nicht zugetraut, der Herr hab sie selig«, jubilierte der Fritzl.

»Jeder ist seines Glückes Schmied, siehst du's jetzt ein, Maxl? Jetzt kauf ich das Geschäft, jetzt bin ich reeller Meister in allen Rechten, ganz unbeschnitten bin ich aus der Affäre hervorgegangen – das ist ein Segen, das ist eine Position! Was sagst denn du dazu, Maxl?«

Der Maxl sagte gar nichts, gerade war er vom Herrn Kaplan gekommen, und der hatte weidlich über die ganze Sache geschimpft und den Fritzl ein verkommenes Subjekt genannt. »Ja, das war halt die Moral des Herrn Kaplan, die des Fritzl war eben eine andere, und der ›Bismarch‹ hatte gewiss eine noch ganz andere«, so kalkulierte der Maxl und sagte das auch nach einigem Zögern.

Der Fritzl lächelte wohlwollend, das gefiel ihm.

»Schau, du hast Momente, wo du gewiss beachtenswerte Eigenschaften an den Tag legst, und ich widersprech dir nicht. Nur ganz kennst mich du net. Schau, wenn ich etwa zu früheren Zeiten geboren wär', etwas ganz Furchtbares wär' aus mir geworden, über lauter Leichen wär' ich weggeschritten.«

»Über eine bist ja schon«, sagte der Maxl leise und die Tränen traten ihm in die Augen, wenn er an die tote schöne Kuni dachte.

»Ach was«, machte energisch der Fritzl, »red koan Blech, jetzt geht ein rechtes Leben an, ›das Laster triumphiert‹, wie du siehst!« –

Ja, jetzt ging ein Leben an, das er sich lange gewünscht, jetzt konnte er seinen Neigungen nachgehen, den Neigungen nach weiteren fetten Tauben, den Neigungen zu den schönen Künsten, vornehmlich zum Theater, wo er die Stücke bevorzugte, in denen »über Leichen wegge-schritten« wurde, den Neigungen, seinen lieben Mitbürgern etwas auf den Kopf, zum Mindesten aber in die Suppe zu spucken.

Unter dem Zwang seiner neuen Stellung als Meister entschloss er sich auch, seinen äußeren Menschen etwas zu renovieren, obwohl ihn dieser Entschluss missvergnügt machte, denn er kostete Geld. Viel zu lange waren ihm die alten Gesellenkleider gut genug gewesen, eine schmierige schwarzseidne Kappe für die Werktage, sowie ein recht windiges keckes Hütlein, Wunschhütl genannt, für die Feiertage. Wenn's ihm gefiel, setzte er aber auch gerade sonntags seine schäbige Seidenkappe auf, um die »Burschowas« zu ärgern, und um sich auf diese Weise auszu-zeichnen; es war seine Art von Eitelkeit.

Nun galt es aber nicht mehr, die Leute zu ärgern, man musste ihnen imponieren, um sie für sich zu gewinnen.

Zum Imponieren aber gehörte vor allem ein Zylinder, das stand bei ihm fest – diese Weisheit hatte ihm Kampelmacher *père*, aus seiner Pariser Zeit stammend, noch vermacht, – und ein schwarzer Anzug. Ein Zylinder aber und ein Bratenrock mit Zubehör kosteten neu im-menses Geld, man konnte sie aber doch auch beinahe neu kaufen, nicht wahr?

Und so geriet er in den Laden des alten Aaron und zum Rosinchen.

Als er über die Schwelle ging, war er gar nicht in Stimmung, erstens weil das Geldausgeben ihn stets herabstimmte, und zweitens weil das allzu einförmige und bis jetzt ziemlich tugendhafte Leben als Meister ihm überhaupt unbehaglich zu werden begann.

Sobald er jedoch das Rosinchen sah, fiel plötzlich ein grelles Licht in seine beginnende Seelenverdüsterung, Kombinationen stiegen vor ihm auf – kurz, der kleine Meister Kampelmacher, Jean Ressers Nachfolger, blühte auf wie eine Jerichorose, die mit Wasser besprengt wird. Das Wasser war in diesem Fall der wohlassortierte Laden mit der Ladenglocke, die sich eine ganze Weile, während er drinnen war, nicht beruhigen durfte, so oft wurde die Türe aufgeklinkt und so oft musste sie bimmeln, ferner das undefinierbare Fluidum von, zwar verschwiegener, aber ziemlich komprimierter Wohlhabenheit, sowie ein bezaubernder Klang, kling, kling, nur Fritzls feinem Ohr vernehmlich, aus dem Nebenzimmer mit dem verhangenen Glasfenster kommend. Dazu das rührige fixe Frauenzimmerchen, das Augen wie ein Luchs machte, sämtliche Kunden bediente, und sämtliche Hände sämtlicher Kunden dabei überwachte.

Vorderhand hatte er ein dumpfes Gefühl, wie wenn er irgendwie oder irgendwo in grauer Vorzeit einmal nicht alle Tugenden eines Kavaliers gegen die Miniaturausgabe dieser graugekleideten, nicht mehr ganz jungen Dame ausgeübt hätte, und er glaubte auch, in ihren Augen etwas aufdämmern zu sehen, was einer ähnlichen Vermutung glich. –

Hing es nicht mit einem Baschlick und dem Eise zusammen?

Als Mann von Welt jedoch, nonchalant und würdig zugleich, brachte er sogleich seine Wünsche fest und bestimmt vor, und nun waren sie beide ganz Geschäft.

Im Rosinchen war's nicht nur aufgedämmert, sondern ganz klar stand die Eisgeschichte vor ihm. Oh, es kannte ihn noch, es hatte ihn nicht vergessen, ihn nicht und die abgepressten Kreuzer nicht! Gleich war ihm die Geschichte eingefallen, als in der Stadt die Neuigkeiten über ihn umgingen! Aber der hatte sich verändert, und der war ein Vorsichtiger geworden!

Darin waren sich beide gewachsen. Manchmal schmunzelte der Fritzl, wenn er das Chlonnenchltrählche auf einer kleinen Finte ertappte, und manchmal lächelte das Rosinche, wenn er sich in seinem Übereifer etwas verriet. So wurde es ein langer und komplizierter Handel. Fast kam er einem Messen der Kräfte gleich. Das Rosinchen strengte alles an, ein gutes Geschäft zu machen und zugleich den neuen Kunden zufriedenzustellen, und der neugebackene Meister stellte die Ohren, um nicht übertölpelt zu werden.

Und je länger sie miteinander handelten, desto mehr Respekt kriegten sie voreinander.

»Der hat sich gemacht!«, dachte das Rosinchen, und:

»Die ist gewiss nicht auf den Kopf gefallen«, der Fritzl. Zuletzt, während das übereifrige Chlonnenchlträlhche immer noch mehr Auswahl herbeischleppte, und er noch wählerischer wurde, gerieten sie in eine Unterhaltung, die der Fritzl meisterhaft dirigierte, um seine glänzenden geistigen Eigenschaften spielen lassen zu können. So viel hatte er heraußen, das verfing bei der; zwar stellte er sich's nicht zu leicht vor, sie zu gewinnen, das war wohl ein schwieriges und kitzliges Stück Arbeit, mochte sich aber immerhin lohnen. Kühn warf er also die Angel aus.

»Ma g'wohnt sich nicht gar so leicht ein in so einem Nest, wenn ma' auswärts war«, ließ er so nebenbei fallen.

»Sind der Herr kein Hiesiger?«, interpellierte mit erstaunt aufwärts gezogenen Brauen das Rosinchen.

»Wie man's nimmt, ja und nein. Ich war lang im Ausland.«

»Ach mein Traum!«, flötete das Rosinchen und legte die gefalteten Hände an die Stelle, die bei ihr sehr stiefmütterlich, bei der fernen Freundin Lina zu deren keuschem Schmerz zu reichlich bedacht war. »Erzählen Se doch, ich brenn ja drauf! – Waren Se auch in Paris? – Und in London? – Ach Gott! Ach Gott!«

»Paris! Hm, ja Paris«, sagte der Meister Kampelmacher und schnob durch die Nase, »nicht ohne, gewiss und wahr, Paris ist eine große Stadt, die wo sehr viel prachtvolle Häuser, Kirchen und Gebäulichkeiten hat, und London, ja London ist auch gar nicht zu verachten. O nein! Im Gegenteil, sehr schön ist's und hat eine Menge Gebäulichkeiten, als da sind: Paläste, Schlösser, Kirchen und Fabriken. Ich, für meinen unmaßgeblichen Teil, zieh Paris vor, die Franzosen überhaupt, da ist mehr Schwung in der Kraft.«

»Sehen Sie, da könnt ich immer zuhöre, da werdet ich nit müd! Wann man halt so reisen kann –!«

»Ja wissen's, meine Dame, das Reisen bildet ungemein, schauen Sie. Man kriegt schon einen viel höheren Gesichtspunkt. Eh man sich umschaut, ist man gebildet. Das Landl Bayern und all die andern Nester schaut man dann ganz anders an, so aus der sogenannten Vogelsperspektive. Sie, da schauen's erbärmlich aus! Schad, dass Sie nicht nauskommen sind, meine Dame, ein Interesse, scheint mir, hätten Sie.«

Das Rosinchen schlug die Augen nieder und wurde rot.

»Gott! – Wissen Se, den Drang hätt' m'r ja, aber die Erfüllung lasst warten.«

»No, lassen S' Ihnen Zeit, das ist noch nicht verredet. Sie können ja eine Hochzeitstour dahin machen.«

Das Rosinchen, immerhin schon gut dreißig, über manche törichte Liebeshoffnung hinaus, empfand die Worte, die Fritzl sprach, wie eine feine Huldigung.

Wo er nur das herhatte, und das Geschäft sollte fast schuldenfrei sein! In einem Widerstreit der Gefühle überließ sie ihm den Zylinder um ein Erkleckliches billiger, als sie vorgehabt, und als er ihn aufsetzte und in den schwarzen Bratenrock kroch, sagte sie mit ehrlicher Überzeugung: »Nobel! Wie vom Schneider gemacht. Wie aus Paris sehen Se aus. Wann Se den ganze Anzug anhabe, müssen Se vorbeigehe, dass ich Se sehe kann!«

Nun könnte man meinen, des Fritzls Herz hätte gelacht, und er wäre freudigst darauf eingegangen, glücklich, in der kurzen Zeit so weit gekommen zu sein, und wäre allsogleich des nächsten Tages vorbeigewandelt?

Weit gefehlt! Der Fritzl befolgte eine ganz andere Taktik! Zappeln lassen! Reif genug war sie wohl, nur durfte man jetzt nichts »verpatzen«.

So tat er, als überhöre er ihre Bemerkung, legte mit einigem Zögern das Geld auf den Ladentisch, machte eine gemessene Verbeugung und sagte: »Gelten's Fräulein, lassen Sie mir aber das gleich hinb'sorg'n, Kammachermeister Fritz Glocke, Jean Ressers Nachfolger. Habe die Ehre!«

Fast hätte er vor der Ladentüre gepfiffen, er besann sich aber noch rechtzeitig, und ging, so gravitätisch er es nur immer zustande brachte, dem Marktplatz zu.

Das Rosinchen blieb mit einem halb süßen, halb sauren Lächeln zurück und räumte die vielen Kleider zusammen, die es für den verwöhnten Kunden hatte herbeitragen müssen.

»Und hinschicke muss ich se auch«, sagte es vor sich hin. Das vermehrte den Respekt, kein Kunde hatte das je begehrt. So verlor sich das saure Lächeln allmählich, und das Rosinche dachte darüber nach, wie anders der Fritzl sei als die jungen Kleinstädter, wie fein und liebenswürdig er war!

Und in dem verwaisten und empfänglichen Herzen ging der Enthusiasmus wieder auf. Da war jemand, der sie anerkannte, endlich wieder einmal!

Der Vater beachtete ihren geistigen Drang gar nicht mehr, ja belächelte sie zu Zeiten, die Tante hatte für ihre tieferen Qualitäten kein Verständnis und Line, die sie so ausgiebig verehrt hatte, war seit längerer Zeit schon fort, in ihr Heimatdorf zurückgekehrt. Die alte Haushälterin, ihre zweite Mutter, war gestorben, allein brachte sich die Line in der Stadt nicht fort, sie war zu langsam und zu träumerisch, was blieb ihr übrig, als auf das Land überzusiedeln und den Bauern eine Kenntnis im Kleidermachen nach neuester Methode und Fasson vorzumachen, die sie nicht besaß?

Der Abschied von der guten dicken Krinolineline hatte beim Rosinchen eine wunde Stelle zurückgelassen, und diese wunde Stelle – nein darüber gab sich die kleine Dame in dem grauen Mixkleid in Aaron Mahns Geschäft, die vor ein paar Stunden noch recht grämlich und verdrossen ausgesehen und nun rote Bäckchen hatte, keine Rechenschaft.

Sie fühlte sich nur zum höchsten Erstaunen der alten Tante plötzlich gedrängt, ein bisschen in die schöne Frühlingsabendluft hinauszugehen.

»Bischde krank, mein Kind?« – die Alte sagte jetzt nicht mehr Chlonnenchltrählche, denn es würde doch selbst bei der alten Tante allzu hyperbolisch geklungen haben – »Was brauchlchte frichle Luft?«

Das war doch im Hause Mahn nicht Sitte. Auch der Date Aaron streckte den Kopf aus der Türe des Nebenzimmers, die Hornbrille auf den Nasenlöchern.

»Was hat se? Spazieren will se heut noch gehn? Stuss! Jetzt sag nur noch, du willst nehme ä Bad! Solche Posse!«

Das war eine ganze Umwälzung im Programm des Mahn'schen Hauses. Ein Spaziergang am Werktag! Ein Spaziergang am Abend! Sollte man noch vor demselben essen oder danach? Es wurde immer schwieriger, mit dem Kind umzugehen.

Das Rosinchen hatte inzwischen Toilette gemacht, das graue Kleid ab und ein grünes – es liebte noch immer Grün – angelegt, den großen Herrenwinker aufgesetzt – auch dies Fasson bevorzugte es noch immer – und wandelte nun, ohne sich um die Not der Tante zu kümmern, von der Frühlingsluft weicher gestimmt, durch die Gassen.

Wie lange war es nicht mehr um diese Zeit außer dem Hause gewesen! Der Abend war mild, und vor den Türen saßen und standen Leute, die halblaut schwatzten.

Gegen Westen hing noch ein Streifen hellen Tages, aber am Ende der Straße über dem Marktplatz gegen den Hügel zu, der die Wallfahrtskirche trug, war der Himmel schon nächtlich.

Ein mäßiger Wind, der noch von sonnendurchwärmten Orten kam, brachte herbe Düfte wie von jungen Pappelblättern, den ersten Kastanienblüten, vermischt mit dem Geruch des Flieders, der an den Abhängen des Stadtgrabens versteckt, in Massen blühte. Der Marktplatz lag groß und still, mächtig stiegen die Massen der St. Martinskirche auf. Nur einzelne Fenster der hohen Häuser, die enggedrängt den Platz umstanden, waren schon erleuchtet, an vielen sah man trotz des Dunkels deutlich die weißen Vorhänge, die sich im Nachtwind bewegten. Und als hinter den immer schärfer werdenden Konturen des langgestreckten Berges ein breiter Schein heller und heller wurde, als der Vollmond endlich wie ein riesiger silberner Ballon sich über die Silhouette der Tannen hob – schwebte – und es wie flüssiges Silber überall herunterrieselte, von Dach und Giebel, von Baum und Berg, als alles in ein zerfließendes, fast märchenhaftes Licht getaucht war, und der hinkende Maxl als stellvertretender Messner stumm am Rosinchen vorbeischlich, der Pforte von St. Martin zu, und bald darauf die ersten Töne des Gebetläutens vom Turme kamen, während da und dort die andern Glocken einfielen, da wollte es dem Rosinchen ganz schwärmerisch zumut werden. Es blieb sogar vor dem alten Rathaus mit seinem gotischen Zackengiebel stehen, es sah zu schön aus, wie das weiße Mondlicht förmlich aus den Lindenbäumen troff, – »wie ä Theaterdekoration«, dachte das Rosinchen, aber es verlor seinen Zweck deshalb nicht aus dem Auge. Schon stand es der Breitseite des Rathauses gegenüber.

Zuerst kam ein großes Tor, dann ein schmales Fenster, in dem noch Licht war, daneben eine finstere Bohlentüre, das Gerippe eines primitiven Standes, und darüber eine hinaufgezogene Markise, Schauplatz des Großhandels von Mama Vevi Glocke. Daneben, etwas erhöhter, ein Gewölbe mit einem spitzbogigen Schaufenster, dann, abermals ansteigend eine Gewölbtüre, und, spitzbogig, ein Schaufenster wie das vorige, über Fenster und Türe ein großes rotes Firmenschild (das erste rote im Städtchen!) mit weißen, nach rückwärts geneigten Buchstaben: Jean Ressers Nachfolger.

»Fein!«, sagte das Rosinchen unwillkürlich.

Am Ende des Rathauses kam dann die Wohnung, ein schmales Parterre, weil die Eingangstüre – Türe zum Paradies der schönen Kuni – unverhältnismäßig breit war, kam ein erster Stock mit vier Fenstern, alles in gutem Stand, fast größer als ihr Wohnhaus.

Hier kehrte das Rosinchen straks und hochbefriedigt um, nur eine Frage quälte ihr Herz: »Wieviel Hypotheken wird er darauf haben?«

Unter den letzten ausbimmelnden Klängen des Gebetläutens kehrte es durch die stiller gewordenen Gassen heim, hinter ihm der hinkende Maxl, der das Rosinchen wohl erkannt, der sich aber nicht zeigen wollte.

Recht lange Zeit sah Fräulein Rosine Mahn den Herrn Kammachermeister Fritz Glocke nicht mehr. Das Geschäft ging »streng«, wie immer im Lenz, wo den Leuten bei hellem Sonnenschein, und wenn andere geputzt durch die Straßen gingen, der vorjährige Staat recht schäbig vorkommen wollte, und jeder gern einen neuen Rock auf dem Leib oder ein paar glänzende Stiefel an den Füßen hatte.

Zudem war ihr der Date Aaron gar keine Hilfe mehr, und sie musste den ganzen Tag springen und sich tummeln, und trotzdem war der Alte noch nicht einmal zufrieden, wenn am Abend nach Ladenschluss nicht auch noch die Bücher in Ordnung waren.

Er ließ jetzt alles im Geschäft hängen, erschien nur immer auf Augenblicke, zeigte sich den Kunden und verschwand hinter der Türe mit dem gelbroten Vorhang, wo noch immer das hohe Pult stand mit dem Drehsessel davor, den das Chlonnenchltrählche noch immer erklettern musste.

Das schmale Hinterzimmer, in dem das Rosinche den Drehstuhl mit solcher Virtuosität hatte drehen lernen, übte nun eine Art magischer Anziehungskraft auf den alten Aaron aus.

»Was soll ich bleibe im Geschäft? Du machst's besser wie ich«, sagte er dem Rosinchen.

Er widmete sich ganz dem »anderen Geschäft« und war stets von solchen belagert, die Rat heischten. Wenn der Alte in den Pausen, wo ihn nicht irgendeiner am Rockknopf hatte, nicht Geld zählte, was er leidenschaftlich gern tat, bloß so, bloß zum Zeitvertreib, bloß um was

»Gelbes« zwischen den Fingern zu haben, war er gewiss auf der Suche nach irgendeinem juristischen Buche, und selbst auf dem winklichen Speicher, wo er die allerältesten Schmöker untergebracht hatte, buckelte er sich halbe Tage lang krumm und lahm, um etwas aufzustöbern, das er gerade brauchte. So hatte er nichts von dem neuen Kunden gemerkt und konnte auch die Entwicklung der Dinge nicht verfolgen. Er steckte viel zu tief in seinen Plänen und Plänchen, in seinen Problemen und Anschlägen, wäre auch viel zu sehr von der Einsicht durchdrungen gewesen, dass das Rosinchen allgemach alt genug sei, selbst über sich verfügen zu können, und dass es Fleisch von seinem Fleisch sei.

Über die ersten und heftigsten Jugendlieben, über verschiedene Täuschungen und verfehlte Projekte (Malchens Einschuss!) war sie ja glücklich weggekommen, er konnte sie getrost ihrem Verstand überlassen, der hatte noch jedes Mal über den jeweiligen »Stuss« dominiert. Er hatte ihr ja auch niemals etwas in den Weg gelegt bei ihren harmlosen Liebschaften, bei dem Theaterbesuch, ganz wie mit dem schönen Malche hatte er's gehalten. Gott, so war sie halt, die Sorte Weiber, irgendwo musste es heraus, und ihm erschien's ungefährlich, wenn's mit »ä bissl Lieb« und mit dem Theater abging.

Die Tochter schwärmte auch nicht so ins Blaue hinein, so gänzlich aufgelöst und hingegeben wie das selige Malche. Sie notierte sich z. B. die verschiedenen Helden, die sie in jedem Jahr angeschwärmt, charakterisierte ihre Liebe, ihre Art, das An- und Abschwellen ihrer Leidenschaft in einem Buch, das sie mit Rondeschrift »THALIA« überschrieb, und das, da doch schon ziemlich viele »Saisons« über ihrem Haupte dahingegangen waren, sie auch oft den Gegenstand in einem Jahre wechselte, schon zu einem stattlichen Band angewachsen war.

Sie fand, dieses Schwärmen, aber mit einer kritischen Note dabei, gehöre zur höheren Kunst. Sie hatte stets die Line getadelt, dass die einfach bloß »ewegg« war und keinen Grund anzugeben wusste, warum.

»Des is billig«, zankte sie, aber nie brachte sie das dicke, begeisterte Mädchen auch nur zur geringsten Kritik. Ja, Augen und Mund riss sie auf, wenn das Rosinchen loslegte oder gar, wenn sie in das Buch »THALIA« sehen durfte!

»Da guck!«, sagte das Rosinchen stolz. Da stand zum Beispiel:

»Robert L., groß, sprühend, elegant. Ich liebe ihn ganz wie die Sonne und muss effektiv die Augen schließen, sobald er auftritt, denn seine edle und gehaltene Männlichkeit versetzt mich in einen Taumel. Er hat Wunderaugen, nur lernt er nichts, und bleibt stecken. Leider ist er auf der Straße nicht so groß, wie auf den Brettern, die die Welt bedeuten, und der elegante Überzieher ist abgetragen, und wir haben fast denselben für fünfzehn Mark, aber noch schöner.

Erdner. Himmlischer Mann! Wenn ich meine, seine Blicke treffen mich, möcht ich vergehn. Sagt er auf der Bühne: ›Ich liebe dich‹, so zittere ich vom Kopf beinahe bis zu den Füßen, denn er kann die Liebe zu natürlich machen!

Doch ach! Ach! Er ist – ver--heiratet!!! Neulich erblickte ich ihn auf der Straße mit einem gewöhnlichen dicken, lustigen Weibe und gewöhnlichen, lustigen dicken Kindern. Er sah zu meiner Erleichterung viel älter aus wie als Don Carlos, wenn er sich am Boden windet und der todesbänglichen bleichen Maria Stuart in dem schauerlichen Moment noch schnell seine Liebe bekennt – zudem waren seine Stiefel mehrfach geflickt. Traum meiner Nächte, versinke!

Jetzt will ich Roden lieben, denn er ist, wenn auch nicht so schenial, dennoch nicht verheiratet, wie mir eine sichere Quelle verriet, und das erhöht die Liebe. Er soll zwar Kellnerinnen recht gern haben und kann das »r« nicht aussprechen (ich hinke ja auch!), was ist das für ein Grund gegen eine Leidenschaft!

Würde er einmal zu mir sagen: ›Rosine, ich liebe dich‹ (er würde zwar sagen ›Losine‹), so könnte ich ihm blind mein Leben geben. Wenn er hereintritt in irgendeiner prangenden Uniform oder egal was, edel und ritterlich, ein ganzer Kavalier, so schreit's innerlich: ›Ich liebe dich! Ich liebe dich!‹ Täglich sehe ich ihn, täglich sein hehres Männerantlitz – d. h. wenn er vorbeigeht – sein süßes Angesicht, wie es leuchtet! Sterben, vergehen in dir und der Kunst!«

Nachschrift: »O weh! Dahin! Alles zerronnen. Das Ideal zertrümmert. Er hat Beinkleider bei uns kaufen wollen und mich weggestumpt und absolut mit dem Papa handeln wollen. Mich zuletzt mit rauen Worten gänzlich von sich gescheucht. Wirklich, das Leben ein Traum! Schnöde Welt, alles aus, alles schwarz und düster bis auf Weiteres.«

2. Nachschrift: »Auch beim Babe die Hose nicht gekauft. Fahre wohl!«

»Siehschte, wie's der Schwärmer macht, der von der Kunst was versteht?«, sagte das Rosinchen triumphierend zur Line.

Im Theater sah auch das Rosinchen den Fritzl wieder. Sie waren beide auf der Galerie, sogar ziemlich nah beisammen, aber sie grüßten sich nur kühl, der Fritzl tat verdrießlich und Aarons Tochter nicht freundlich. Sie maßen sozusagen die Distanz noch einmal ab und sondierten das Terrain, hatten aber, obgleich sie sich ignorierten, das Gefühl, dass sich weitere Fäden spannen wollten. Das Rosinchen blickte angelegentlich auf Fritzens Anzug – keine Frage, er war schlecht equipiert, und Fritzl wurde es unter ihren forschenden Augen zur Gewissheit, dass er bald wieder etwas brauche.

So suchte er denn den Laden des Herrn Mahn zum zweiten Mal auf. Und genau wie das Rosinchen seinen Blick in der Maiennacht an dem Haus neben dem Gewölbe der keuschen Genoveva Glocke hatte liebend auf- und abgleiten lassen, so machte es der Fritzl am hellen Tage; nur musste er seinen Empfindungen mehr Zwang antun, der Zauber der Maiennacht hatte das Rosinchen umwebt, doch das Mahnsche Haus hielt auch im Tageslicht stand, und der Kampelmachermeister trat freundlicher, als er ursprünglich vorgehabt, in das Geschäft, dessen charakteristischer Geruch aus alten Stiefeln, dito Kleidern und muffigen Betten ihm sofort wieder seine Stimmung von neulich mit ihren Perspektiven vorzauberte. Diesmal brauchte er außer eine Joppe eine Bettdecke. Von dieser kamen sie auf die Einrichtung zu sprechen und das Rosinchen meinte: »Sie haben wohl einen recht schönen und feinen Geschmack?«

»Ja mein, Mademoiselle« (er sagte Mademoiselle!), »wie man's nimmt. Als Junggesell geb ich nicht viel auf die auswendige Ausstattung, aber wirklich heiraten wenn ich tu dagegen, Sie, da sollen die Burschowas spitzen! Da können sie was profitieren! Ich habe nicht umsonst so viele Städte bereist. Jetzt halt ich mich an die Bücher, weil das Reisen ein Ende hat.«

»Ach, Sie schwärmen gewiss auch fürs Lesen«, unterbrach ihn das Rosinchen. »Sehen Sie, ich auch. Schiller, lieber Gott wie schön, und Goethe! Wann se nur kein so kleine Druck hätten!«

»Akrat wie's Konversationslexikon, das hab ich auf Abzahlung, aber man soll sich nicht abschrecken lassen, da kann man viel Bildung kriegen, Sie!«

»Den Schiller versteh ich ja auch großartig auf der Bühne! So ä Maria Stuart zum Beispiel! Ist das nicht einzig, wie se sagt: ›Arm in Arm mit dir fordre ich mein Jahrhundert in die Schranken‹? Oder so ein Mortimer. Ich grein' oft über'n, glauben Sie's oder glauben Sie's nit, wann ich ä frisches Sacktüchel dabei hab, natürlich. So rührend is er.«

»So, das g'fallt Ihnen am besten? So zärtlich sind halt die Damen. Ich bin mehr fürs Männliche. So ein Franz Moor, oder gar eine Elisabeth, wenn's eine Dame sein muss, so was imponiert mir, da bin ich dafür.«

»Ach, was sind Sie gebildet! Was wisse Sie nit alles!«, bewunderte das Rosinchen.

»Macht sich schon«, tat der Fritzl bescheiden; er hatte ein paar Mottenlöcher in der Decke aufgespürt und legte sie schleunigst auf die Seite, um nach einer neuen zu greifen.

»Verzeihen Sie, Herr Glocke, Sie haben doch gewiss viele Theater gesehen, bitt Sie, erzähle Sie mir doch!«

»Ja mein, so viel, dass ich's gar nimmer weiß. In Paris san's groß und in London san's auch groß, gewiss und wahr, und schön, Sie machen Ihnen keinen Begriff. Paris hat bald drei Millionen Einwohner und London hat beinahe vier Millionen, zweimalhunderttausend Bevölkerung. Gelt, da spitzen Sie?! Und die Menschenmenge im Theater! – Aber was ich sagen wollt', die Decken hat Schabenlöcher.«

»Gott, wenn die Decke gewasche werde, is alles weg, Sie solle se habe ganz billig und *die* Auswahl! Da drinn sind noch ganze Stöß«, sie deutete nach dem Hinterzimmer, und lauernd, schnüffelnd, lüstern folgte Fritzls Blick ihrer Hand. Da drüben waren auch noch Waren?

»Ich bin schon weit herumkommen, Fräulein Mahn, aber so ein Interesse an geistreichen Sachen und was das Theater und's Lesen anbetrifft, hab ich noch nicht leicht so schnell gefunden bei einem weiblichen Fräulein. Gewiss und wahr!«, beteuerte der Fritzl.

»Jetzt schmeicheln Se aber, ich hab alles aus mir selber. Ja, wenn ich jemand gehabt hätt', der mich verstande und gehobe hätt' –«, sie hielt seufzend inne.

»Es ist nicht aller Tage Abend, was nicht ist, kann noch werden, es ist nichts so fein gesponnen, so kommt es an die Sonnen. Wie wär denn das Fräulein, wenn mir – mir passten doch prächtig zusammen

– etwa zu diesem oder einem andern Behufe ein Verhältnis anknüpfen
täten?«

Uh! Jetzt war der Augenblick da! Wie ein Blitzstrahl fiel er vor dem
Rosinchen nieder.

»Was?«, stotterte es. »Ein Verhältnis? Man sagt, man meint, nein –
es kommt nichts Gutes dabei raus.«

»So? Meinen Sie? Also anderscht. Inwiefern könnte eine eheliche
Verbindung zwischen uns stattfinden?«

»Das kann sich hören lassen, das ist ein Wort, Herr Glocke! Inwiefern? Insofern, als wir uns verloben können, zu dem Behufe bin ich zu
haben, das Weitere wird sich finden.«

»Ja natürlich, aber darin bin ich doch der Überlegene. Sie sagen halt
Verlobung und ich, wo ich doch so weit gereist bin, meine dasselbe.
Manneswort ist Manneswort, Ehre bleibt Ehre, und prüfe, wer sich
ewig bindet, ob sich der Mann zum Weibe findet, wenn Sie einverstanden sind, san mir miteinander verlobt.«

»Ja, ich bin einverstanden, Herr Glocke, und ich habe mich geprüft,
eh ich mich ewig gebunden hab, und ich denk, dass ich mich zu Ihnen
finde werd«, sagte das Rosinchen schnell und kam fix hinter dem Ladentisch vor. Dann streckte es beide Hände aus, stellte sich neben Fritzl,
indem es ihm seinen Kopf immer näher brachte, denn so gehört sich's
für eine verlobte Braut, und es war doch eine verlobte Braut. Ganz so,
wie es damals vor dem Adonis auf dem Eise gestanden, stand es nun
da und wartete, aber es kam nichts. Gott, war er schüchtern!

»Jetzt müsse mir aber auch Du sage«, animierte sie.

»Jawohl, das machen wir. San mir's also? Ja?« – Damit nahm er ihre
Hand, schüttelte sie und lachte fortwährend, indem er immer wieder
sagte: »Mein Schneckerl, ja mein Schneckerl, mein Schneckerl bist jetzt.
Und die Decken, die krieg ich um vier Mark, oder so?«

»Was fällt dir ein?«, schrie das Rosinchen, ganz Geschäft. »Sechse is
se wert, sechse.«

»Was? Am Verlobungstag soll ich sechs Mark zahlen?«

»Nimm se um fünf, Fritz, und sei ganz still, du weißt so gut wie ich,
dass sie mehr wert is.«

Seufzend zahlte der neugebackene Bräutigam, und die Braut wickelte
die Decke recht fest zusammen (riss auch noch ein Stück von dem
großen Bogen weg, für ein anderes Paket zu gebrauchen), damit sie ja

nur einen kleinen Umfang habe und ihn nicht zu sehr belästige, drückte ihm den Packen in den Arm und sich dazu, es war mittlerweile dunkler in den Ladenecken geworden, da traute es sich zu flöten: »Fritz, jetzt geb mir de Verlobungskuss.«

»Ja so«, sagte er, und ohne das Paket weiter aus der Hand zu legen, küsste er, wohin er gerade traf; er kam auf Rosinchens Nase, aber es galt auch so.

»Am Sonntag nach dem Essen kommscht, der Babe schläft, dann könne wir alles bespreche.«

»Und anschauen, natürlich anschauen. Jetzt adieu, Rosinchen, nix für ungut und es ist doch richtig in der Ordnung?« – und machte kehrt.

Doch plötzlich fiel ihm etwas ein, er drehte sich wieder um, und wie er das Rosinchen erwischte, presste er es an sich, die dicke Bettdecke kam abermals dazwischen, aber das »moleschtierte« sie beide nicht. Das Rosinchen war ganz überglücklich, der Leidenschaft des Bräutigams halber, und er raunte ihr zu: »Gelt, jetzt bist verliebt? Mein Schneckerl, ja, mein Schneckerl bist, mein Schneckerl.«

Und nach diesen bezeichnenden und treffenden Liebesworten empfahl er sich schnell und unter Nasenschnauben mit dem Paket um fünf Mark.

Die verwirrte Braut sah ihm zärtlich und doch in einem Widerstreit der Gefühle nach, ihre Augen hafteten an den aufgestapelten Decken:

»Ich hab se weiß Gott zu billig gebe«, sagte sie träumerisch vor sich hin.

Am Abend, als der Date und die Tante schliefen, das Rosinchen aber sein volles Herz nicht zur Ruhe zwingen konnte, setzte es sich hin und schrieb an die teure Freundin, die Krinolineline.

»Wessen das Herz voll ist, dem geht der Mund über. Ich muss es in dich ausschütten, geliebteste Freundin meiner Seele: Ich habe mich heute verlobt!!! Du kennst ihn und kennst ihn vielleicht nicht mehr; nein, so wie er ist, kennst du ihn nicht, und ich will dir von vornherein nicht verraten, wer es ist. Du weißt, dass ich von jeher die geistlichen Quantitäten hoch einschätzte, das Fleischliche ist mir Nebensache, darum ist eigentlich auch nicht so viel an seiner Äußerlichkeit. Irdische Schönheit brauche ich darum nicht bei ihm anzustreben.

Dafür trägt er den Stempel höheren Gedankenflugs schon von außen aufgedrückt, und das schlug mich von Anfang an in Fesseln. Meine schwärmerischen Intensionen befriedigt er also vollauf, auch die rauere Männlichkeit und das Zielbewusstsein ist ihm an der Stirne geschrieben.

Er ist ebenfalls bewandert in Schiller, Goethe und dem Theater, und so kann ich dir nur zurufen: Beneide mich, Teuerste; und erkenne die Magik darin, dass ich mich rettungslos in ihn verlor, obwohl ich es nicht merken ließ, und er es dennoch erkannte. Ach Line, könntest du ihn sehen und seinen Geist! Außerdem hat er ein Geschäft, fast schuldenfrei, und ein Konversationslexikon auf Abzahlung, was obligat viel mehr ist, als äußere Schönheit. Meinst du nicht auch? Wenn er auch kein Adonis ist – Du denkst jetzt gewiss an jenen, der mich auf dem Eise geführt, und den du geliebt hast? Er ist dick geworden und trinkt, und der Meine ist mir lieber.

Ich habe ein bängliches Vorgefühl, als möchte ihn der Papa nicht so nach seinem reellen Werte beurteilen – wärst du doch hier, dass ich mein Herz manchmal ausleeren könnte – (bei ihm allein kann ich das doch nicht, es muss auch nach der andern Seite geschehen!). Du hast ferner eine merkwürdige Andeutung gemacht in deinem letzten Brief, als wolltest du deine Tätigkeit nicht mehr auf dem Lande ausüben, seit dir eine alte Base gestorben ist, und als wolltest du eine Stelle annehmen? Frage doch mich um Rat, rede nicht so hinten herum, ich kann so was nicht leiden. Willst du am Ende gar hieher? Oder hast du gar schon eine Stelle? Kommst du, wenn ich's haben will? Dann wirst du ihn ja sehen.

Schreibe aber klar, dass ich weiß, woran ich bin. Ich umarme dich als deine überglückliche

Rosine,

noch Mahn, später G....e, du weißt trotzdem nicht, wer es ist!!!«

Nicht ganz so überschäumend gebärdete sich der Fritzl; im Gegenteil, er war der Jungfrau, seiner verlobten Braut, die ihm die Decke zu fünf Mark angehängt, gar nicht grün.

Da hatte auch der Teufel die Hand im Spiel gehabt, dass es zu einer Verlobung gekommen war! Jetzt galt es, da es so weit gediehen, die

Sache als Philosoph aufzufassen. Und um sich zu kräftigen und zu stärken, sagte er vor sich hin: – Reminiszenzen aus dem Konversationslexikon – »Philosophen sind: Hegel, Fichte, Schleiermacher, Feuerbacher, Hartmann und andere. So will ich's machen wie die, und werde deshalb meinen Mann stellen.«

Als er am nächsten Sonntag um drei Uhr das Haus Mahn betrat, angetan mit dem schwarzen Anzug, dem Zylinder und neuen Stiefeln, erworben bei der Firma Aaron Mahn, schlief der Date nicht, wie das Rosinche verheißen, sondern er war hellwach und sah den Besuch mitsamt dem Rosinchen sehr missvergnügt an, erwiderte den Kratzfuß des Herrn Fritz Glocke, Jean Ressers Nachfolger, mit einem dito Kratzfuß, der eher einer Verspottung gleichkam, und drückte sich, nachdem er ihn exekutiert, allsogleich ins Hinterzimmer. Die Tante war ganz perplex und ließ ihre großen runden Augen ratlos an ihm auf- und absteigen. Ein Besuch im Hause Mahn? Was wollte er? Es kamen nie Besuche ins Haus Mahn.

Diese ganze, ihm fast feindliche Atmosphäre witterte der Fritzl heraus, das machte ihn sofort befangen. Überhaupt die ganze Luft vom Flur bis oben in die Stuben, der Duft des ganzen reichen aufgestapelten Krams hatten ihn vorhin beim Eintritt schon überwältigt und – wer glaubt's? – der Fritzl war genau wie ehemals die Krinolineline eine Zeit lang im Hausflur gestanden, ehe er es gewagt hatte, die Treppe hinaufzugehen. Es war da ein undefinierbares Etwas, nicht der vereinigte Geruch der großen imponierenden Vorräte allein, es war da noch etwas Hintergründigeres, ein verborgenes, verstecktes Klingen wie von Goldstücken; das ganze gut gehaltene Haus mit den Treppenläufern und den dunkel gebeizten Stiegen hatte nicht bloß die Basis solider Bürgerlichkeit, für den Fritzl hatte es mehr, fast etwas Aristokratisches, Beklemmendes, und das »Dagerl« aus der Obstlerkeuche bekam auf einmal einen Schrecken über seine Geburt. Verlobter, er, der Galgenvogel mit den drei mystischen Vätern, die sich verflüchtigten, wenn man ihnen nachforschte, mit dem alten schwammigen, zerfließenden Höckerweib als Mutter, Verlobter, richtiger Verlobter einer Tochter aus diesem, ach so reichen Hause?

Das machte ihn linkisch, und als er dazu noch droben den Alten mit den bösen misstrauischen Augen traf, und das Rosinchen ihn ganz fremd behandelte, verlor er allen Boden. Von Überlegenheit, von seiner

Patzigkeit oder gar von »die Führung übernehmen« keine Spur. Dafür musste jetzt das Rosinchen sorgen.

»Es ist so schönes Maiwetter, wenn es Ihne keine Moleschtatione macht, könnten mir uns drauße ä bissl ergehe«, meinte diplomatisch die Tochter des Hauses. Und er, in dem halbdunklen gegen die Sonnenstrahlen verwahrten, gediegenen Zimmer mit den tiefen Nischen sich ganz und gar auf schwierigem Terrain fühlend und dem Milieu erliegend, sagte sofort zu, kratzte und schabte als Zustimmung auf dem Teppich, obwohl ihm nichts ferner lag, als sich mit Aaron Mahns Tochter zu zeigen.

Das Rosinchen band nunmehr die Bänder des Herrenwinkers unter dem Kinn zusammen, nahm ihren Knicker, ein Sonnenschirmchen, grün von Farbe und mit Fransen, das schon das schöne Malche selig gehabt, das aber noch »fast wie neu« war, und folgte dem Fritzl, der sehr unzeremoniell dem Ausgang zustrebte.

Auf der Straße war der Alp und Spuk wieder von ihm gewichen, er war jeder Zoll der Meister Fritz Glocke, Jean Ressers Nachfolger, und fuhr demgemäß das Chlonnenchltrählche sofort an: »Sie«, – er sagte wieder »Sie«! – »warum ham Sie denn Eahnan Vatern nix g'sagt von der Verlobung und dem alten Frauenzimmer da? Han? Tuat man so, wenn man verlobt is? – Und was ham S' denn für a G'spreiz g'habt, dass eine Verlobung is und koan Verhältnis? Sie g'fall'n mir! Was ist denn des nachher wie a Verhältnis? Des mecht' i schon wissen!«

»Aber Gott, was sagschte dann *Sie!* Und was redschde so wüscht oberpfälzisch! Ich kann's nit höre! Hab ich dir versproche, gleich zu proklamiere die Verlobung in der Familie? Du warscht doch in der Wohnstub, und ä Verhältnis kommt doch nit in die Wohnstub! Es is ä Verlobung, und dass alle des sehen, häng ich mich in dich ein, Fritz, alle Leut sollen's sehe, ich bin die Braut.«

Richtig hing sie sich auch fest in seinen Arm trotz seines Widerstrebens, und Frédéric *le petit* hatte auf einmal ein feines Parfüm in der Nase, Parfüm Mahn, ein hintergründiges Parfüm, komponiert aus ranzigen Stiefeln, muffigen Mänteln und allerlei Verstocktem, die ganze Ladenatmosphäre, die ihm eine Reihe von Vorstellungen auslöste – er ergab sich und dilettierte einstweilen in der ihm neuen Rolle des Bräutigams.

Sie regte ihn aber noch sichtlich auf, denn er schlug, mit dem Rosinchen am Arm, ein Tempo an, dass das arme bebänderte Lamm und Hinkebein kaum folgen konnte. Die Locken wehten (heut zum unwiderruflich ersten Mal Locken!), die Bänder flatterten, wie eine schaukelnde Fregatte glitt das Rosinche hinter ihrem Herrn und Meister her und hatte Mühe, die äußerste Spitze seiner Hand in den schwarzen Rockärmel eingekrallt zu lassen.

Aber es ging, und nun fühlte es sich getragen, gebläht von Liebe und Eitelkeit und Überhebung, denn es war eine wirkliche Braut! Es lächelte unausgesetzt, auch wenn der Fritzl heftiger im Tempo wurde, denn es wusste, was sich einer Braut geziemt, Holdseligkeit und Glück. Es brachte es sogar dahin, den Fritzl durch einen Druck seiner Hand zum Stehen zu zwingen, und ihm sein hold errötendes Gesicht vor die Augen zu halten, quasi sich in Erinnerung zu bringen.

»Fritzl!«, flötete es und schaute verzückt aufwärts. Ja, das war die Liebe! Ein Duft von Männlichkeit umschwebte den Fritzl, zusammengesetzt aus schöner Schweigsamkeit, einem feinen Nachklang billiger Seife, von Horn und Eiseninstrumenten, der auch in den Sonntagskleidern haften blieb, über alles dominierend ein starker Tabaksgeruch, denn der Fritzl war ein leidenschaftlicher Raucher. Die Atmosphäre verwirrte (der Babe hatte nie geraucht!), machte fast unsicher und doch wieder so glücklich. –

Ja, das war die Liebe! Und: »Fritzl!«, flötete das Rosinchen zum zweiten Mal.

»Ja, was ist denn? Was willst denn? Was denn?«

»Ach, wie lieb du grad ausgesehe hascht! Könnten mir nit langsamer gehe? Siehscht, es macht mich müd, und die Leut solle uns doch als Brautpaar richtig sehe könne, die gucke immer und ärgern sich.«

»So, Schneckerl, so?« – Die ärgerten sich? Die schauten sie an? – Da war er dabei. Dass er auch die Geschichte noch nicht von dem Standpunkt aus angesehen hatte!

Und sofort begann er, dem Rosinche zärtliche Augen anzumachen, tätschelte die Hand, die auf seinem Ärmel lag, und war eifrig bestrebt, seinen Arm um Rosinchens Taille zu legen. Es sah alles ungemein verliebt aus, so sehr, dass das Bräutchen begann, sich zu genieren.

»Nit so arg, Fritzl, es braucht's jetzt lang nit so arg«, flüsterte es, »wart' vielleicht, bis es dunkel wird.«

Aber dem Fritzl war's gerad um das Hellsein zu tun, er wusste, was er dem Publikum schuldig war, und so führten sie zum Gaudium der Leute einen Kampf auf zwischen Zärtlichkeit, Verliebtheit, Verschämtheit und Abwehr, bis sie am Ziel ihrer Wanderung, einem Waldwirtshaus, anlangten.

Dort erregte das kleine wunderliche Brautpaar Sensation. Das empfanden die beiden und streckten sich und schnäbelten wie Turteltauben. Mit dem Sitzen hatte es dann einige Schwierigkeiten, die Bänke waren alle zu hoch und das Chlonnenchltrählche musste sich mit vieler Anstrengung hinaufbefördern, dabei kam es in einen sittlichen Konflikt mit der Krinoline, die ganz selbstständig wurde und, allem Willen Rosinchens entgegen, stets bestrebt war, die untere, etwas stiefmütterlich behandelte Partie Rosinchens, die in weiß und dottergelb geringelten Strümpfen, und von oberhalb der Knöchel angefangen in Beinkleidern mit steif herausstehender Stickerei stack, zu entschleiern. Der Kampf dauerte einige Zeit und wurde unter dem Tische lautlos exekutiert, also quasi nur von der unteren Partie; der oberen sah man nichts von der entfernten Unruhe an. Er saß würdig, steil aufgerichtet sogar, mit einem Lächeln, als ob ihn der Tumult der finsteren Mächte der Unterwelt nichts anginge.

Das Rosinche war sich bewusst, dass es sitzend die beste Figur mache. Der aparte Kopf und die zu lange Taille wirkten gewiss imponierender, wenn sie nicht von den zu kurzen – Tribut ihrer Rasse – und wackligen Beinen herumgetragen wurden.

Daneben nahm sich der Fritzl wirklich klein aus, da er sonst ganz richtig gewachsen, nur zu winzig geraten war.

»Ich bin trotzdem wohlproportioniert«, hatte er vorhin gesagt, als es ihm Mühe machte, auf die Bank zu kommen.

Das Chlonnenchltrählche verstand wohl, was er meinte, und gab den Trumpf zurück: »Ich imponier viel mehr, wann ich sitz, wie du. Ich weiß, ich hab en bedeutende Kopp, ich fall auf. Schön bin ich nicht, aber anziehend.«

Der Fritzl brummte etwas als Antwort, er vertiefte sich in sein Weinglas, was ihm das Rosinchen schier übelnahm.

»Trinkst du jeden Sonntag Wein?«, bemerkte es missliebig.

»Bei festlichen Gelegenheiten, und wenn's mich freut, oder nix kost't.«

Dafür erhielt er einen süßlichen Blick des Bräutchens, der ihm aber doch etwas angesäuert dünken wollte; das Rosinchen saß bei einem kleinen Gläschen Bier.

»Die Leut am Tisch interessieren sich alle vor uns«, flüsterte das Rosinchen, »mach und erzähl was von deine Reisen, aber laut. Ach«, rief es, »von Paris und London möcht ich hören und vom Theater, ich kann mich ja nit satt höre!«

Und prompt begann der Fritzl:

»Paris ist eine große Stadt, eine sehr, eine große Stadt, und London, das muss man sagen, ist auch eine große Stadt und umfasst viele Meilen Landes. In Paris fließt die Seine und in London heißt man ihn die Themse, sind beide schön groß und breit und haben viel Wasser, auch Schiffe. Und Theater haben sie in jedener Stadt. Man hat grad die Wahl. Große und kleine und billige und teuere. Kannst eine Oper sehen oder ein Trauerspiel oder gar eine Operette. Nur reden's in Paris französisch und in London dagegen englisch.«

»Und das hast du verstanden?«

»Oho! Soll mir nur einer hergeh'n! Mit jedem Franzosen und mit jedem Engländer sprich i wie ein Eingeborener: *Bonjour Monsieur, Madame Mademoiselle, good morning Mister, Miss* und *Mistres*.«

Das Rosinchen schaute ihn verzückt an.

»All sin se weg, was du rede kanscht, und ich selber bin so verliebt, ich tät dich vom Fleck weg heirate.«

»Hm«, machte der Fritzl, »aber wollen wir nicht etwa gar gehn? Es wird zu spät –«

»Noch ein bissche wart, es is so wunderschön, und nachher wird's auch dunkel«, bat verschämt das Rosinchen. »Ach, ich weiß gar nit, was des auf einmal is, ich war früher doch auch verliebt und arg dazu, aber von dir möcht ich gar nimmer weg, und ich mein, ich müsst' dich immer umhalse!«, und es begann zu zitieren:

»In deinen Augen hab ich jetzt gelesen,
Es blitzte drinn von Liebe, Glück und Schein!«

– auf einmal kreischte es auf: »Nein, nein! Was sag ich dann! Da heißt's ja: ›Behüt dich Gott, es wäre zu schön gewesen‹, – nein, Fritzl, nein! Nit gewese! Nur des nit! Es ist doch jetzt zu schön! Findst du nit? Zum Verrücktwerde schön, und des soll sein und bleibe!«

So legte sie selig, aber vorsichtig, das herrenwinkerbehutete Haupt auf des Geliebten Schulter, vorsichtig, denn mit der großen Krempe des Herrenwinkers, die drahtlos war, war nicht zu spassen, auch musste sie die Hüte länger tragen als ein Jahr oder zwei, ferner war achtzugeben auf die Haare, die der Festtagslocken ungewohnt, mit der äußersten Vorsicht behandelt werden mussten.

Der Fritzl hielt sich steckensteif; recht fest saß der neue Zylinder nämlich nicht, und er war nicht ganz von der Überzeugung durchdrungen, dass er einem Ansturm entfesselter erotischer Mächte vonseiten der Braut standhalten würde, bei nur einigem Entgegenkommen seinerseits. Da er aber doch von der Notwendigkeit – auch von der Nützlichkeit – durchdrungen war, seinerseits etwas tun zu müssen, sagte er gerade in die Luft hinaus: »Ja Schneckerl, mein Schneckerl, mein Schneckerl bist.«

Plötzlich stieß er aber das »Schneckerl« nachdrücklich von sich, dass es erschreckt und argwöhnisch den mühsam sonntäglich frisierten Kopf aus der zärtlich anschmiegenden Pose hob. Was war denn auf einmal in ihn gefahren? Warum duldete er denn nicht einmal ihr schüchternes Kosen mehr?

Wie saß er da! Böse, nein wütend, Mund und Augen zusammengekniffen, rot wie ein Puterhahn. –

»Fritzl, was haschde?!« – da sah sie, wohin seine Augen gingen. Das war weiß Gott ein seltsames Trio, das auf sie zukam – auch das Rosinchen wurde rot wie ein Puterhahn, genau wie der Fritzl und: »Maxl!«, schrie der kleine Kammachermeister in einem Tone, wie wenn er irgendeinen Buzi oder Waldl rufen würde: »Da gehst her!«, und: »Die Line!«, kreischte das Rosinchen in den höchsten Fisteltönen des Zorns. Wie kam denn die da her, wie kam denn die zum hinkenden Maxl! Den beiden aber voraus, von Herrn Fritz Glocke und seiner Braut keine Notiz nehmend, die Blicke gesenkt, ganz demütiger Stolz, wandelte der Kaplan im langen schwarzen Rock mit der stillen Sicherheit, zwei zagende und tappende Seelchen, zwei ratlose Schäflein an einer festen und soliden Schnur hinter sich drein zu ziehen.

Der Fritzl sah nur den Maxl und lotste ihn förmlich mit beschwörenden Blicken herbei, während das Rosinchen an allen Gliedern vor Wut bebte und böse Worte, die es nur vor Erregung nicht aussprechen konnte, auf seinen Lippen zitterten. Ja, es genoss schon im Voraus die ätzende Freude eines hämischen Triumphes über die fassungslose und überrumpelte Freundin, das Herrschaftsbedürfnis aus der Kindheit Tagen wurde wieder groß im Rosinchen. Doch der Fritzl ließ ihm keine Zeit zur Entfaltung, nicht einmal einen Atem lang, denn er fiel gleich mit einem Schwall von Anklagen über den stillen Maxl her, der ihm nur eine stolze und beleidigt verschlossene Miene entgegenstellte. Das Rosinchen sah schnell ein, dass es neben dem Bräutigam nicht aufkommen werde, und änderte seine Taktik. Es drehte sich kurzerhand um, dicht vor der Line, als die eben zaghaft die Hand ausstrecken wollte, und blieb so, ohne Wort und Gruß, den Rücken der Verblüfften zugewendet, stehen. Dass die Line sie um den Effekt der Vorstellung des Bräutigams gebracht hatte, verzieh sie ihr, abgesehen von dem heimtückischen selbstständigen Handeln, nie! Nie! Auch dem Fritzl grollte sie, der so hingenommen von seiner Wut war, dass er das, was ihm jetzt das Wichtigste hätte sein sollen, ihre Vorstellung, die Vorstellung seiner Braut, vergaß. Er redete sich so in die Wut, dass seine Stimme überschnappte, er geriet ganz außer Rand und Band; denn der Maxl protestierte! Protestierte scheinbar ganz gelassen und stand fast überlegen, wenn auch in der Stellung eines trotzenden Jungen vor ihm. Was er sagte, wurde allerdings vom Wirbel der Worte des im Innersten aufgewühlten Kampelmachers verschlungen. Einmal kriegte er aber doch Oberwasser, nämlich als der Fritzl nicht mehr schreien konnte. Und da sagte er ganz gelassen: »Warum sollte ich mir denn keine andere Gesellschaft suchen dürfen? Du suchst dir ja auch Gesellschaft und schaust dich nicht um mich um. Wenn es auch ›ein Pfaff‹ ist, mit dem ich gehe. Er hält was von mir, und er hat mir etwas verschafft – du wirst es noch nicht wissen – ich werde studieren können – er ist schuld! Und du? Du bist doch ebenso falsch wie ich, hast du mir von dem Verhältnis zu diesem Fräulein etwas gesagt?«

Hier wurde das Rosinchen wild.

»Was Verhältnis? Ich geb Ihnen ein Verhältnis! Bei mir gibt's kein Verhältnis. Wenn er's Ihnen nicht sagt, sag ich's!« Damit drehte sie sich halb herum, um ja der Line nicht den Anblick ihrer bräutlichen Erscheinung zu gönnen, knickste und sagte: »Ich habe hiermit die Ehre, mich vorzustellen als die legitime Braut Ihres Freundes, des Kamma-chermeisters Fritz Glocke; Fräulein Rosina Mahn, wenn ich bitten darf!«

Der Maxl zog, etwas aus der Fassung gebracht, seinen Hut, einen feinen neuen schwarzen, – nicht bei uns gekauft, konstatierte das Rosinchen – und murmelte: »Ich gratuliere, aber wir kennen uns doch von früher schon, Fräulein Mahn!«

Doch ehe das Rosinchen, das etwas sauersüß lächelte, antworten konnte, brach der Fritzl mit einem Hohngewieher in das friedliche Intermezzo ein: »Halt's Maul! Um das handelt sich's nicht. Um den handelt sich's! Der soll sich verantworten! Was gilt denn da die Verlobung! Um den gilt's! Leben oder Tod gilt's, verstanden? Ich oder der Pfaff, da gibt's nix, da hat er zu wählen. Ich bin nicht der Mann, der sich auf die Seite schieben lässt! Da wollen mir erst sehen! Mann gegen Mann, Aug um Aug, Zahn um Zahn.«

»Ganz mein Fall«, unterbrach das Rosinchen, und schleuderte einen bösen Seitenblick nach der Line, die stumm und verständnislos dastand, ganz wie sie in ihrer Jugendblüte im Mahn'schen Hausgang gestanden war.

»Deine Fälle interessieren mich jetzt nicht! Es handelt sich gar nicht um dich, um den da handelt sich's, den Schleicher –«, tobte der Fritzl.

»Du bist nicht zurechnungsfähig«, sagte der Maxl und stand ganz steif und gestreckt auf seinem gesunden Bein und sah völlig groß und würdig dabei aus, »ich rede später mit dir, jetzt such ich den Herrn Kaplan auf. Habe die Ehre!« Damit grüßte er auch das Rosinchen steifer als nötig war, und humpelte dann, der Line den Vortritt lassend, davon.

»Geh zum Kaplan, geh zu deinem Gönner, geh zu seiner Gönnerin, ich weiß schon, geh zum Teufel!«, schrie ihm der Fritzl nach. »Ich geh auch, ich hab genug!«, und er wäre wirklich gegangen, nein fortgestürzt, hätte ihn nicht das Rosinchen ängstlich an den Schößen seines Bratenrockes festgehalten: »Zahlen!«, rief es. »Erst zahlen.«

Da hielt er an, wurde lammfromm, setzte sich, wenn auch noch immer laut schmähend, und wartete. Auch das Rosinchen wartete.

»No?«, sagte endlich der Fritzl.

»No?«, sagte das Rosinchen, aber keines zog den Beutel.

Während die Kellnerin anhaltend grinste, brachte der Bräutigam endlich unter viel Beschwer sein Portemonnaie heraus und berappte zornig murmelnd das Seine, die Hebe mit ausdrucksvoller Gebärde an das Rosinchen weisend.

Das nahm sehr umständlich und mit Falten auf der Stirne auch sein Beutelein zur Hand und, da es eine gute Rechnerin allezeit war und darin durch nichts beirrt werden konnte, legte es die paar Nickel klipp und klar, ohne einen Pfennig zu viel oder zu wenig auf dem Holztisch zurecht und hing sich, nun sofort zum Gehen bereit, an Fritzls Arm, grüßte auch noch angelegentlichst zu Maxl hin, wobei Krinoline, Locken und Herrenwinker wichtig mittaten, und folgte dann dem Fritzl, der ein wahres Sturmtempo eingeschlagen hatte, das gar nicht dem Rosinchen, aber ganz seiner Stimmung angemessen war.

Der Heimweg in der Dämmerung war ganz und gar nicht so schön, als sich die liebende Braut den ersten Abend mit dem Geliebten geträumt hatte. Zwar störte er sie nicht darin, ihr Haupt auf seinen Arm zu betten, – bis zur Schulter reichte sie nicht ganz – es wurde ihr aber auch das einigermaßen schwer, denn der Fritzl, von innerer Erregung getrieben, war stets einen halben Schritt voraus, was sie nötigte, die Sache nur andeutungsweise vorzunehmen und ihre Fantasie dafür spielen zu lassen. Doch störte sie der neugebackene Bräutigam zu ihrem nicht geringen Ärger immer dann, wenn sie gerade anfing, sich mit der Illusion abzufinden.

Zum Beispiel schimpfte er: »Das ist doch ein Malefizschleicher, der Maxl.«

»Ach, lass ihn! Jetzt bin ja ich da«, flötete das Rosinchen.

»Ich werd'n aber dem Pfaffen abjagen, dem Bauernfänger –«

»Ach Gott«, sagte das Rosinchen ungeduldig, »das ist doch nit wichtig! Wichtig bin doch jetzt ich!«

»Du –?«, machte der Fritzl gedehnt. »Du hast auch ein Verständnis von der Sachlage! Wie lang kenn ich denn dich? – Aber der Maxl ist mein Jugendspielgenosse, verstehst? Das ist was anderes, den will ich wiederhaben, und den muss ich wiederhaben!«

»Ah – ah – ah«, spottete das Rosinchen, »den musst du habe! Was ist denn an dem?«

»Du! Red mir net a so! Der Maxl ist ein Feiner! Einen Kopf hat der! Ich hab schon früher eine Angst g'habt, der wird mehrer als ich. Mit dem sein Kopf! Man muss das nur kennen! Alles, alles könnt der werden, wenn er meine kolossale Energie hätt', alles, sag ich dir, was er wollt. Ich bin der Mann der Praxis, aber er ist wie ein Gelehrter, oder ein Dichter –«

»Ach, geh mer doch! Mach keine Faxen! Ihr alle zwei dürft froh sein, wann ich mit euch umgeh; ich bin aus'm feine Kaufmannshaus.«

»Aaron Mahn, Gott der Gerechte, handelt mit alte Kleider und Schuh und die Mamme Malche, geborene Blumenstätter –«

»Jetzt schweigste aber, Fritzl, wer wird denn so mit dem Heiligste Spott treibe? Du traust dir so was zu sage? Was bischt denn du für ä Geborner? Hä – und dein Vater? – Und deine Mutter? Hä! Gelt, jetzt sagste nix! Meinscht, ich weiß die Geschichte nit? Ich war aber nobel und hab dein Affäre totg'schwiege; jetz sei du nobel –«

»Was Geborener! Was Geborene!«, brummte der Fritzl. »Ich bin geboren, und das genügt mir, von wem ist effektiv Nebensache. Ich bin ich und damit basta. Wenn dir das nicht genügt, so sprich nur deine Intention aus, ich bin mir Mannes genug!«

»Gott, Fritzl, nur des nit!«, schrie das Rosinchen erregt. »Ich bewundere dich doch durch und durch, ich will dich ja ungemein gern heirate, weil du andersch bist wie andere Leut, und ich war immer fürs Aparte.«

»Jaja!«, sagte der Fritz noch etwas unwirsch, und duldete ihre Umarmung; so blieben sie eine Zeit lang stehen, anzusehen wie ein liebendes Paar, da fuhr's dem Fritzl unversehens heraus: »Donnerwetter! Die Line ist aber ein Frauenzimmer worden! Die hat aber eine Figur! Und weiß und rot ist sie auch –«

»So! So! So hascht du se angeguckt?«

»Ja warum denn net? Sie ist doch dick genug, und gefallen hat sie mir auch; ich war nämlich von jeher total für die Starken eingenommen.«

»Fritzl, jetzt beleidigst du mich, und wie!« Schluchzend entzog das Rosinchen dem Bräutigam den Arm. »Ich bin nit stark und werd nit stark, du musst schon auf so was verzichte! Nachher wär ich aber auch so anständig und tät bei de Annere nit drauf gucke und grad bei der Line nit, sie war ämol mei Freundin und kann's wieder werde, und sie schämt sich sowieso so arg deswege, und mich kränkschte damit! Siehscht, es wär ja mein Ehrgeiz gewese, und es is mir so arg, dass es nit sein kann« – und schwupps lag sie schluchzend an seinem Halse, und er tätschelte ziemlich ratlos und ziemlich mechanisch ihren Rücken, dem der Ehrgeiz auch nichts geholfen hatte, und sagte: »Mei Schneckerl, ja, ja, ja, mei Schneckerl bist«, und brachte sie endlich etwas getrösteter, aber in einem Tumult von Gefühlen nach Hause.

Jetzt wäre ihr die Line gerade recht gekommen. Nicht etwa, um ihr bedrücktes und etwas ratloses Gemüt zu entladen, oder sich dies und das vom Herzen zu reden, nein, sie wähnte sich gerade in der Verfassung, die Line auf den Platz herabdrücken zu können, der ihr gebührte.

Hatte die sich nicht geradezu empörend selbstständig benommen? Wie kam sie überhaupt hieher und zu diesen Leuten, ohne das Rosinchen zu fragen? Was tat sie überhaupt da? Was waren das für Heimlichkeiten? –

Am meisten ärgerte sich aber das Chlonnenchltrählche immer noch, dass es um den Effekt der Vorstellung des Bräutigams gekommen war, ja, es musste sich mit dem widerwärtigen Eindruck herumschlagen, dass in dem Augenblick der Begegnung die beiden Begleiter der Line eigentlich dem Fritzl überlegen waren. Er hatte sich gar nicht wie ein stolzer Mann und Bräutigam gebärdet. Und das sollte sie nicht erzürnen, dass er sich gerade diesem Kaplan gegenüber die Blöße gegeben hatte, wo er doch gerade mit ihm rivalisieren wollte? Und dass ihn die Line zum ersten Mal so sehen musste! Und noch eines beunruhigte das Rosinchen ganz besonders. Wie kam die Line dazu, keine Krinoline mehr zu tragen? Die Röcke lagen eng über ihrer Üppigkeit – das war geradezu skandalös! Kein Wunder, wenn die Männer danach schauten! Wer hätte der Line je so etwas zugetraut! Ach, jetzt wäre sie in der Stimmung gewesen, die Abtrünnige tüchtig herzunehmen, es wäre ihr ein Genuss gewesen, ihr alles vorzuwerfen, und sie wartete ungeduldig auf diesen Genuss.

Doch – war es denn möglich – die Line kam nicht! Das Rosinchen sah vergeblich Tag für Tag die Straße hinauf und die Straße hinab, die Line wollte nirgends auftauchen. Es musste ja etwas vorliegen, es war undenkbar, dass die Line sich überhaupt getrauen würde, in der Stadt zu sein, ohne sich einzufinden! So was ließ sich die Line nicht zuschulden kommen, dazu hatte sie ja gar nicht die Courage! Das wusste das Rosinchen so sicher, so sicher!

Aber da hörte es im Geschäft so mancherlei, was zu denken gab. Die Line sollte hier in Stellung, die Line sollte sogar in einem vornehmen Hause, bei der Baronin Lohberg sein, die nach dem Tode des Barons von ihrem Gute in die Stadt übergesiedelt war. Daher die Beziehungen zum hinkenden Maxl und zum Kaplan, der, wie die halbe Stadt wissen wollte, der eifrigste Besucher der fromm gewordenen Baronin war!

Das sollte die Line alles allein zustande gebracht haben, ohne den Rat der Freundin? Wer das glaubte! Das Rosinchen lächelte ungläubig und zugleich etwas spöttisch vor sich hin. Würde die Line wohl in dem vornehmen Hause auch stundenlang im Vorplatz stehen bleiben, bis sie endlich jemand glücklich entdeckte? Und war sie etwa, dies ungewandte und linkische Ding – haarsträubend, sich das auszumalen! – Kammerjungfer dort, oder gar Gesellschafterin?

Das Rosinchen platzte fast, so breit machten sich diese Fragen in seinem Innern. Es war keine Kleinigkeit, sie allein mit sich herumtragen zu müssen, eine ganze Woche lang!

Der Babe und die Tante, die anfing, schwerhörig zu werden und nichts richtig verstand, waren gar nicht dazu veranlagt, solch wichtige Sachen gebührend zu behandeln, und der Fritzl – es war eine Schande! – ließ sich überhaupt nicht sehen, das Rosinchen war außer sich!

Von fern erblickte sie ihn wohl einmal, eifrig auf den Maxl einredend. Das war eine saubere Welt!

Der Bräutigam scherte sich jetzt, wo sie noch nicht einmal so richtig verlobt waren, wo er in den höchsten Flammen hätte stehen sollen, überhaupt nicht um sie, es war ihm scheinbar viel wichtiger, mit seinem alten Spezl ins Geleise zu kommen! Und die Line kümmerte sich gar nicht um die ehemalige Intimität, die doch jetzt dem Rosinchen so innig erscheinen wollte, nicht einmal ein paar Zeilen zur Aufklärung oder ein Brieflein, das, wie sich's gehört hätte, um Verzeihung bat, schickte sie! –

Am Sonntagnachmittag tönte herzhaft die Hausglocke, viel zu herzhaft für den Fritzl (das Rosinchen hätte ihm auch dies freche an-der-Glocke-Ziehen übelgenommen!), und es erschien, ganz wie wenn sie das Recht zu dieser Art von Einführung hätte, die Line.

Und wie erschien sie! In einem nagelneuen schwarzen Kleid, Trauer für das Haus Lohberg, eng anliegend, letzte Mode, feiner Stoff, die blonden Haare üppig frisiert.

Die ganz veränderte Erscheinung der Line machte das Rosinchen wütend, ja fast ward es ein wenig aus der Fassung gebracht durch die neue Line. War denn das dieselbe, über die das Chlonnenchltrählche so viel Macht gehabt hatte? War das die Line, die stundenlang unten im Vorhaus gewartet hatte, ohne es zu wagen, die teppichbelegte Treppe hinaufzusteigen? Da stand sie und senkte nicht einmal die Augen, geschweige denn den Kopf. Zwar, die Verlegenheit brannte ihr sichtbarlich auf den dicken roten Backen, aber, aber, da war ein Etwas, was das Rosinchen nicht definieren konnte, ein Hauch vom Hause Lohberg, adelige Luft wohl; trotz des bescheidenen Grußes der Line roch man sie heraus. Natürlich die Courage ließ sich das Rosinchen nicht abkaufen, dazu gehörten andere Leute als die Line, aber es war ungemütlich, herzhaft ungemütlich, denn das Rosinchen fand auch nicht den rechten Ton.

»So!?! Du bischt wohl aus Anstand gekomme, denn ich kann's nit glaube, dass du etwa so spät aus Freundschaft kommst!«

»Aber Rosinerl, sieh mal an, ich bin doch in Stellung bei der Baronin Lohberg –«

»Ach, tu doch nit so affektiert ›sieh mal an‹, und prahl nit mit deiner Baronin, ich will nix wisse von ihr; von dir will ich wisse, und wie das menschemöglich ist, dass du das alles ohne mich gemacht hast! Des is a Verrat an der Freundschaft, dass du's nur weißt, und ich vergess dir des nit; aber jetzt erzähl, setz dich und red!«

Die Line setzte sich; auch nicht mehr wie früher auf die äußerste Kante des Stuhles, sondern so fest mit ihrer ganzen Fülle hinein, dass der alte Stuhl ordentlich knurrte.

»Du bist jetzt ja recht ungeniert nobel geworde scheint's«, sagte das Rosinchen pikiert. »Und dick bischte! 's is nimmer schön.«

»Aber schwarz macht mich schlank und steht mir sehr, sagt die Frau Baronin.«

»Sagt se? Sagt se? Und sonscht nix? Weiß die nix, wie dir Eitelkeite in de Kopp zu setze?«

»Ach nein, liebes Rosinchen, du kennst sie ja gar nicht!«

»Ich bin nit dein ›liebes Rosinchen‹, und ich kenn se und hab von ihr gehört, von ihr und von dem Kaplan –«

»Ach, das ist es ja«, fiel die Line ganz gegen ihre frühere Art leidenschaftlich ein, »deshalb bin ich ja engagiert, es ist ein Vertrauensposten; sieh, ich habe eine unendlich verantwortungsvolle und einflussreiche Stellung, ich bin diejenige, die die Unantastbarkeit der Frau Baronin nach außen vertritt, ich bin die Gardedame sozusagen.«

»Bei der alten Schachtel«, lachte das Rosinchen giftig.

»Sie ist doch nicht alt und sehr stattlich, und sie will doch auch ihre Reputation haben.«

»Was stattlich! Wie wenn des auch ä Verdienst wär, sich Speck anzuschaffe! Und ihren Reputation will se hawwe! Blech! Ihren Pfaffe will se hawwe!«

»Das ist empörend!«, schrie die Line. »Es ist ein frommes Haus, es ist ein vornehmes Haus! Das muss ich besser wissen! Ich bin dafür da und immer in ihrer Umgebung, sie ist eine fromme Dame, ja stundenlang betet sie mit dem Herrn Kaplan, ihr Sinn ist ganz dem Weltlichen abgewandt, und ich wurde deshalb von dem Herrn Kaplan hinberufen, der mich vom Onkel her noch kennt, und der ihre Eigenschaften und die meinen wohlabgewogen nebeneinander verglichen hat und zu dem Endziel gekommen war, dass ich sehr gut geeignet sei, diese Funktionen auszufüllen, wo ich nebenbei auch noch nähe und verschiedenes in der Umgebung der Baronin ausbessere. Ach Rosinchen, was ist das dort herrlich! Diese Feinheit, diese Mehlspeisen! Das Dorf, die Bauern – entsetzlich! Sie haben mich nie verstanden und haben mich unglücklich gemacht, wie ich ihre Kleider. Das war wirklich ein Geschenk des Himmels, dass ich von der alten Base erbte, da stand auch gleich mein Entschluss fest, dem Antrag des Herrn Kaplans zu folgen.«

»Was?«, schrie das Rosinchen. »Geerbt, richtig geerbt haschde, du? Des auch noch?!«

»Ja, ganz wie der Maxl, wir zwei Armen! Nur nicht so viel –«

»Also darum! So sehe die Leut aus, wenn se erbe, und so werden se gegen frühere Freund! Pfui Tausend! Und was wird's denn sein? Hundert Mark? Ich hab gemeint, alte Kleider!«

»Rosinchen, du bist nicht nett mit mir!«

»Gott, wie gebildet! *Die* Posse tät ich dir gern vertreibe. Nein, ich bin nit nett mit dir. Warst du etwa nett mit mir? Ich will doch gar nit nett mit dir sein! Merkst du denn des nit, dass ich mich halb tot ärger über dich! Ich ärger mich auch, dass du geerbt hascht, dass du's nur weischt! Und ich ärger mich arg, dass der Maxl geerbt hat. Das wär auch besser an andere Leut gekomme, die hätten was draus gemacht, wo se doch Geischt und Unternehmung und das Genie dazu hawwen! Ich wer's dem Fritzl gar nit sage! – Ist das Geld von dem alten Baron? –«

»Ja, der Maxl ist ja nun leider der außereheliche Sohn, mit Respekt zu sagen, des Seligen, er wird's schon sühnen, der Maxl. Der Herr Kaplan hat dem Herrn Baron selig so viel erzählt von den vielen Anlagen, die er hat. Von Aug zu Aug den seligen Herrn Baron zu sehen, hat er freilich nimmer das Glück gehabt, aber zur Frau Baronin darf er hie und da kommen.«

»Hör mer auf! Du redst, wie die Dienerschaft in eme vornehme Haus! Ich lass dir dein' Vornehmheit. Irgendwas muss so ä armseliger Mensch hawwe. Und dein bissl Erbschaft! Es langt doch nit zu em Bräutigam. Da hab ich ein, auf den kann ich mit reiflicher Überlegung stolz sein, wenn ich auch nit so üppig und so vornehm bin wie du, 's Geld und de Bräutigam hab doch ich!«

»Ja, das hast du, und ich kann's sehr wohl verstehen, dass du stolz darauf bist, besonders auf den Bräutigam. Er muss sich ja merkwürdig entwickelt haben, so eine Art Gewaltnatur und sehr mächtig in der Liebe, wie mir der Maxl sagte, der, wo er doch schwächlichere Eigenschaften besitzt, gar viel Respekt vor ihm hat. Weißt du, Liebe, so was, so eine Herrschernatur, so ein Machtmensch imponierte mir auch. Das wäre etwas Feines. Der Maxl, ach, das ist so ein Träumer, so ein Stiller, Schüchterner, ich glaube am liebsten wär er ein Dichter, meint die Frau Baronin! Er traut sich's nur nicht zu sagen; denk dir, so einer, der in den Zeitungen steht, an dem man sich begeistern kann auf andere Art! Das ist auch sehr schön und sehr begehrenswert, aber bei der Männlichkeit lieb ich mehr das Reale. So zart und träumerisch sein kann ich selber. Wer hätte das gedacht, Rosinerl, dass das aus den zweien werden sollte! Stell dir doch vor, Liebste, wie die früher waren, der Maxl und gar der Fritzl, auf dem Eis zum Beispiel!«

»Red doch nit von so dumme Sache! Das is ä Ewigkeit her, davon weiß mer nix mehr. Da sagt se auch noch, sie is zart! A Gans bischde! Von so Sache red m'r doch weiß Gott nimmer. Der Fritzl is, wie er jetzt is, kapierst des nit! So ganz ä Mann und ä gemachter Mann. Da red't mer nit von ›was war‹, da scheniert m'r sich. Und so affektiert brauchscht du auch nit zu sein und mich ›Liebste‹ heißen, davor hab ich de Fritzl!«, sagte stolz das Rosinchen. »Was de sonst sagscht über dein Geschmack von de Männer interessiert mich nit arg, ich hab mein eigene.«

»Aber das gehört sich unter Freundinnen, die Frau Baronin heißt das Confidencen machen.«

»Hat se dir auch schon Confidencen gemacht?«, höhnte das Rosinchen. »Sie hat ja heimliche Sachen genug zu reden, die edle Seel'.«

»Sie hat nichts zu verbergen, diese makellose Frau. So rein, so edel, so – nun eben ganz wie der Herr Kaplan auch, ich muss dich bitten, da ich sie hochverehre und die Hand für sie ins Feuer lege –«

»Is mir ja eigentlich egal; meinetwege bet se mit zehn Kaplän und du bet'st mit. Ich hab mein Fritzl, und das is was anderes, und da wirste gucke, und da kommt er.«

Die Line wollte sich sofort empfehlen: »Ich kann diskret sein«, sagte sie.

»Ach was! Dadrum handelt sich's doch nit! Ich will dir de Fritzl zeige und du bleibscht da.«

Das war ganz der frühere Kommandoton, und die Line blieb. Steckensteif, ganz wie in alten Zeiten, stand sie in der Ecke, aber steckensteif stand auch der Fritzl. Noch immer überwältigte ihn das Interieur des Hauses Mahn, noch immer revoltierte er aber auch gegen diese Vergewaltigung, ohne sie abwehren zu können, das sah man ihm am Gesicht an. Wenn nur wenigstens der alte Aaron nicht hinter ihm dreingehumpelt wäre!

Es lief ihm fast ein Frösteln über den Rücken, als er seine Stimme hörte:

»Nun, Monsieur Cloche, Frédéric *le petit*, setzen Sie sich. Ich will Sie aber vorher der Line vorstellen, die so schon große Augen an Sie hinmacht. Also Line, des is der Herr, nein der Monsieur Cloche aus Paris und London, *né* Fritz Glocke vun hier. Pass uff und guck ihn genau an. So sehen die gefährlichen Weiberkenner aus! Er wird uns jetzt gewiss gern was von seinen Reisen erzählen, das kann er prächtig!«

Die Line schaute verwirrt von einem zum andern. Wie sonderbar sah diese Verlobung aus! Der Bräutigam saß da, wie die Maus in der Falle, und das Bräutchen rutschte unsicher auf dem Stuhl umher, schoss böse Blicke nach dem Date und bittende nach der Line, die endlich verstand: Das war noch eine Brautschaft *sub rosa*, und die Beziehungen waren sehr zart. Da reckte sich die Line auf, nun sollte das Rosinchen sehen, dass Zartheit und Diskretion ihr Fall waren! Sie stieß das Rosinchen vertraulich an und sagte:

»Ach ja, meinst du nicht auch, es wäre schön und sehr angebracht, wenn Herr Glocke von Paris erzählte?«

»Ach freilich, Herr Glocke, so erzählen Se's doch noch ämol!«, bat das Chlonnenchltrählche und sendete Blicke nach ihm, die, der Situation Rechnung tragend, bewundernd, genau besehen auch sehr bräutlich sein konnten.

Der Fritzl legte die beiden Schöße seines Bratenrockes zurecht, und versetzte den Zylinder, den ihm niemand abgenommen, in drehende Bewegung und begann, irritiert durch die zwinkrigen Augen des alten Mahn, sich öfter räuspernd:

»Jaja, Paris ist eine große Stadt, die wo ungemein viel große Plätze hat, und viel hohe Häuser. Es hat einen Fluss, die Seine, wo viele Schiffe darauf sind, ich bin selbst darauf gefahren, auch auf dem Omnibus oben auf. Es gibt dort Straßen, so lang und so breit, zehnmal so lang wie die Girgengass, g'wiss und wahr. Und Theater hat's, prachtvolle, man wird darin gebildet, ohne dass man's darauf abgesehen hat. Das Reisen bildet überhaupt und man kriegt einen Gesichtskreis.«

Der alte Mahn legte den Kopf bedächtig bald auf die eine, bald auf die andere Seite, drückte auch immer ein Auge dabei zu, genau wie ein Papagei sah er aus, der intensiv zuhört und lernen will. So hörte er sich Paris an und wollte auch nach London mit.

»Line, is des nit ä gebildeter Mann? Wie er erzählt! So wesentlich und so eingehend! Nit Monsieur Cloche, Sie waren doch auch in London?«

»Aber gewiss«, sagte der Fritzl stolz. »Ist auch eine große Stadt, ich für mein Gusto ziehe Paris vor. Nebel hat's viel, und einen Fluss, der wo die Themse heißt, und prachtvoll viele Gebäulichkeiten. Man kriegt auch dort einen höheren Gesichtspunkt, aber Paris hat das Höhere für Menschen meines Schlags. Verkehr ist ein großer, ich glaub, im Konversationslexikon steht, eine Million Menschen kommen am Bahnhof jeden Tag an und strömen in sein Inneres, so viel Industrie hat's.«

»Sind Sie auf der Walz bis London gekommen?«, fragt der alte Aaron dazwischen.

»Nein«, entrüstete sich der Fritzl, »was net gar! Mit der Bahn, alleweil mit der Bahn. Mir hat's im Ausland was tragen!«

»Respekt, Monsieur Frédéric Cloche! Bis nach London mit der Bahn –«

»No, warum denn net?«, sagte plötzlich patzig der Fritzl.

»So? Ei! Ei! Hawwe se ä Bahn übers Meer gebaut?«

Der Fritzl wurde dunkelrot. Wenn er nur dem Alten an die Gurgel hätte springen dürfen!

»Natürlich zuerst mit dem Schiff«, schrie er, »das weiß doch jeder, das braucht man doch net zu sagen.«

»Ich nit, Monsieur, entschuldigen Se, ich bin so altmodisch und les' auch nix und weiß so viel nit. Drum bin ich so froh, dass Se uns manchmal beehren. Und lasse Se sich jetzt nit störe; das nächste Mal erzähle Se mir altem, unwissende Mann von Amerika und Hinterindien.« Damit machte er dem Fritzl eine tiefe und ironische Verbeugung und ging.

»Lesen Sie des im Konversationslexikon nach, wenn Sie sich bilden wollen, wie andere Leut auch!«, rief ihm der Fritzl wütend nach. Dann sprang er auf, ganz außer sich, und schrie das Chlonnenchltrählche an, ganz uneingedenk der Line:

»Dein Alter sieht's darauf ab, mich zu blamieren! Der will mich gewiss hier ruinieren! Grad wie wenn ich ein Schwindler wäre, tut er. Und du stehst dabei und lässt dir das bieten! Was soll denn ein gebildeter Mensch davon denken?«

Das Rosinchen hielt sich tapfer. Es war der Situation ganz gewachsen. Zwar hatte es Tränen in den Augen, was sich eigentlich nicht übel machte, aber es hüpfte entschlossen und liebreich zugleich auf den empörten Kampelmacher zu, legte den bedeutenden Kopf an ihn an, und in dieser bräutlich hingebenden Pose sagte es feierlich: »Hier bin ich! Vor der ganze Welt nehm ich dich in Schutz, und an deiner Brust fordr' ich mein Jahrhundert in die Schranken!«

Darauf schmiss es einen bedeutsamen, fast triumphierenden Blick auf die Line, und dann erst sah es wieder schmachtend zu Fritzl auf. Der tat zwar noch etwas männlich empört, besonders als er Linens furchtsame Blicke auf sich gerichtet sah, und meinte dann wegwerfend:

»In dem Haus mag ich nicht bleiben jetzt, gehn wir spazieren.«

»Wo werschde!«, kreischte das Rosinchen, immer noch an seiner Brust. »Wo mer so schön im Gekose sind!«

Doch der Fritzl versöhnte sie: »Mir gehn extra per Arm, Schneckerl.«

Drunten auf der Straße rückte er seinen Zylinder unternehmungslustig auf die linke Seite, »ganz pariserisch«, bemerkte er wohlgefällig, spreizte seine beiden dünnen Arme wie Henkel aus und lud freundlichst ein, dass sich je eine Dame an einen dieser spitzen Henkel hänge.

Die Line nahm verschämt und verlegen, und das Rosinchen bloß verdutzt den Henkel an.

So, eine weiße Dame links (das Chlonnenchltrählche war in Weiß erschienen) und eine schwarze rechts, ging er, den Zylinder schaukelnd und eine lange Virginia im Munde, durch die Hauptstraße. Hinter ihnen sang ein Range, ganz Fritzl früherer Zeiten:

>>Ich und mei Knipperlknapp,
Gehn mer spazieren;
Geh nur her, Knipperlknapp,
Lass dich schön führen.<<

>>Gehn mir an der Frau Mama vorbei, so zu dritt, ich und die zwei feinen Damen<<, kicherte er in plötzlich erwachter Laune, >>du sollst sehen und merken, was ich durch mich bin, und wie ich meine Herkunft verachte.<<

Als sie an Mama Vevi Glockes Behausung vorüberkamen, legte er, wie wenn er gebieterisch Besitz ergreife, seine Hand fest auf des Rosinchens Arm, Rosinchen aus dem Hause Mahn, das jeder kannte, Rosinchen mit den Achtzigtausend, das Knipperlknapp.

Und richtig stand sie da, die unverehelichte Mutter Glocke, und hinter ihr sonderbarerweise eine zweite, etwas verjüngte Mutter Glocke, ebenso dick, ebenso hilflos in den Konturen, und dahinter, man denke, tauchte noch etwas auf, das die verwandtschaftlichen Linien durchaus nicht verleugnete, sehr jugendlich zwar, etwas bleich und zart, und die drei Generationen starrten nach dem Fritzl mit seinen Damen, wie eine elektrische Zündung war das von vorn nach hinten übergesprungen. – Der Fritzl hob die Beine ordentlich hoch und trug den Nacken steif. Da war endlich wieder einmal etwas, was den Menschen erhob, er drückte vor Überschwang der Gefühle die Arme der beiden Frauenswesen an seiner Seite gleichermaßen heftig an sich.

Nachdem sich die Line verabschiedet hatte, verdarb ihm freilich das Bräutchen die hochgemute Stimmung etwas.

Es überhäufte ihn mit Vorwürfen:

»Du hascht immer nach der schwarze Seit' hingesehe! Lüschderne Blick haschde hingeworfen!«, war aber zuletzt doch ganz Weh und Zärtlichkeit.

»Musst es ausnützen, wenn sie elegisch ist«, dachte der Fritzl und wurde prompt seinerseits ganz Liebe und ganz Leidenschaft. So sehr, dass das Rosinchen im Abenddunkel oft jüngferlich aufkreischen musste, und außer Atem und zaghaft hervorstieß: »Gott, schickt sich denn des, wann mer doch nit so eigentlich verlobt is?«

Beständig kämpfte es – auch in der Folge – einen Kampf zwischen der Sitte und der Leidenschaft, die es haben zu müssen glaubte, um diesen gewiegten Kenner des weiblichen Geschlechtes, dieses Hätschelkind der Weiber, zu befriedigen, sich nichts zu vergeben, und ihn doch nicht zurückzustoßen. Das hing ja immer an einem Haar!

Man wurde ordentlich zapplig dabei, beinahe nervös, was dem Rosinchen bisher sehr verächtlich erschienen war, das »nervös sein«. Und – schade, schade! – das frühere kecke und unbefangene Drauflosgehen in der Liebe, die ehemalige süße Benommenheit, der holde Taumel waren dahin.

»Fascht is es ä Verstandeslieb, wär' nit die Unsicherheit dabei«, meditierte Rosinchen.

Sie fürchtete, sich vor diesem Eingeweihten in der Liebe zu blamieren, denn sie wollte sich erfahrener zeigen, als sie war, freilich nicht allzu sehr, das konnte ihn ja verscheuchen! Es war herzlich schwer, mit ihm verlobt zu sein. Auch in den folgenden Wochen empfand sie das.

Stets kam er auf dasselbe, ihr durchaus fatale Thema: »Siehst es, Schneckerl, die Liebe besteht nicht nur im Gernhaben und Küssen, und dadavon verstehst du net gar viel, das sind nur die sogenannten Anfangsstadien. Die Liebe muss obligat zu Opfern bereit sein. Schau, zum Beispiel die Kuni.«

Nun kam immer wieder die Geschichte von dem »schönen Mehlwurm«, den schon ihr Vater nicht hatte leiden können. Nichts blieb ihr erspart. Alle Stufen von Kunis Liebesbezeugungen musste sie mit durchmachen, von den unschuldigen Dampfnudeln an bis zur weniger unschuldigen Remontoir der späteren Jahre.

»Die hat eine einfache und recht verständliche Art gehabt, Zweifel in der Liebe zu zerstreuen.«

Krawatten, Busennadeln, Taschentücher, Goldfüchse, Zigarren, nichts verschwieg er ihr. »Da zweifelt man nimmer.«

»Gott, Fritzl, wie blöd muss se gewese sein! Und so was hascht du geliebt?«

»Da sieht man ja dein Verständnis! Mit dir kann man ja nicht über Kardinalpunkte in der Liebe reden!«, schnaubte der Fritzl.

Auch wenn die Line dabei war, drehte er mit Vorliebe das Gespräch nach dieser Seite, und die Line brachte ihm scheinbar mehr Verständnis entgegen als die Braut, sie war ganz Ohr.

»Die ist viel verständnisreicher als du!«, bemerkte der Fritzl anzüglich.

»So? Is se des? Und wie hascht du des rausgebracht? Passt du so auf se auf? Und warum muss se denn immer dabei sein und in dich neirede und du in sie? – Meenscht, des passt mer? Des passt mer gar nit! Die Hauptperson bin ich, verstande? Mach du nur verstohlene Auge an sie hin, an den dicke Sack, g'fallt se dir denn gar so?«

Der Fritzl drauf mit Würde: »Ich hab nie kein Hehl nicht daraus gemacht, dass ich eine Neigung zur molligen und weichen Äußerlichkeit bei Damen habe. Deshalb sind mir geistige Kapazitäten, so wie du sie hast, auch sehr hauptsächlich. Das war ja grad anzüglich für mich an dir. Alles wäre schön und recht, aber du verstehst die Liebe nicht. Bist du denn zu einem Opfer zu bringen? Zu gar nichts. Nicht einmal die Verlobung setzt du durch bei deinem Vatern. Keinen Verlobungsring kann ich nicht aufweisen, nicht das Geringste, das zeigt, dass du mich aus dem teuersten deiner Gefühle heraus liebst, wie es einem Manne meiner Konstitution erwünscht ist. Nichts hab ich aufzuweisen, was meine Liebe befriedigen könnte!«

Das Rosinchen heulte direkt hinaus vor Ratlosigkeit: »So, des is die Lieb! Hab ich mir auch anderscht vorgestellt! Ich bin ganz konfus. Was soll ich denn noch tun? – Ich widerstreb dem Babe, ich widerstreb meiner eigene Jungfräulichkeit, denn ich küss dich und bin nit verlobt, ich häng mich in dich ein und bin nit verlobt, ich geh bis an die Grenz, wo mer gehe kann, und du bischt noch immer nit zufriede! Ich bin keine glückliche Braut! Weit gefehlt!«

Und schluchzend hing sie sich wieder einmal an seinen Hals, dass er Mühe hatte, sie loszukriegen. Ja, der Sieg war ihm leicht geworden, aber es war ein Sieg, der ihm nachher Schlappe auf Schlappe beibrachte. Er kam um keinen Fuß breit weiter, und nichts wollte sie verstehen, an ihrem naiven Geiz scheiterte alles. Schon längst hätte er alles über Bord geworfen, aber wirft ein Mann von Welterfahrung achtzigtausend Mark über Bord, auch wenn sie sehr in der Ferne stehen? – Der Alte! Der Alte! Es schüttelte ihn ordentlich, wenn er daran dachte, wie der im Hinterzimmer saß, und wie ironisch er ihn dort als Fremdling behandelte! Man bot ihm in diesem Heiligtum keinen Stuhl an, geschweige denn ein Glas Wein oder Bier. Nicht nagelsgroß, nichts, nichts, nichts konnte er vorzeigen aus dem Hause Mahn, außer er hatte es bezahlt. Trotz aller Verliebtheit saß das Rosinchen wie angeleimt auf dem Geldsack. Fiel ihm gar nicht ein, auch nur einmal zu bezahlen, wenn sie des Sonntags nach den Vergnügungsplätzen zogen, fast immer von der Line begleitet, die, ohne Aufforderung, meist puterrot und verlegen, an irgendeiner Ecke auftauchte und auf Fritzens Einladung hin sich anschloss, ohne auf des Rosinchens sichtbaren Protest zu achten.

Die Line berappte auch manchmal sehr rasch und sehr verlegen für alle drei, zu Rosinchens Gespött.

»Natürlich! ›Die Kapitalistin!‹«, spottete es.

»Wieso?«, meinte der Fritzl interessiert.

»Hat se nit gemacht ä Erbschaft?«

Daraufhin sah der Herr Kampelmachermeister die Line, oder »die Fräulein Lini«, wie er sie nannte, noch einmal an, und sie verlor durchaus nichts bei ihm mit der Aureole der Erbschaft. Das Rosinchen witzelte und spottete aber so lange fort über die Erbin, bis die Line überhaupt ausblieb. Doch das konnte die Freundin erst recht nicht ertragen.

»Was is denn des mit der Line?«, fauchte sie den Fritzl an. »Was bleibt se aus ohne Entschuldigung? Is doch ä Frechheit!«

»Die Fräul'n Lini meint, sie geniert doch nur, und mit deiner Freundschaft sei's überhaupt aus.«

»So? Sie soll nur allein komme, dann will ich ihr zeige, was Freundschaft is. Und wo siehst du diese Dame, möcht' ich bitten, fragen zu dürfen, diese Dame, die du Lini heißt!«

»Wo? Ich bin doch ein öffentlicher Geschäftsmann! Jede Weiblichkeit kann mich frequentieren. Ich muss doch florieren! Soll ich denn das nette runde Fräulein zu der Türe hinauswerfen? Da wär ich ein Industrieller! Da musst du dich dran gewöhnen! Das bringt Geld, meine

Liebe, die Freundlichkeit, das is Geschäft, da denk ich anders geartet als wie der Maxl zum Beispiel.«

»Der Maxl!«, machte das Chlonnenchltrählche verächtlich. »Der! Der will ä Dichter werde, der geht auf die Universität und studiert auf die Dichterei!!«

Der Fritzl hielt in seinem gewöhnlichen Sturmschritt, der das Rosinchen noch immer aus der Fassung brachte, inne, und seine Stimme zitterte, als er sprach:

»Auf die Universität? Wie des?«

»Wie des?! Geerbt hat er und Talent hat er, sagt der Schutzgeist von der Baronin, der Herr Kaplan, und da schicken se ihn fort, dass er ihnen nit gar so im Weg is, und dass was aus 'm wird, vielleicht wird er gar noch der richtige Sohn! Hat denn die Line nix davon gesagt?«

»O nein! Die ahnt, dass mir so etwas weh tun könnt! Die ist net wie du, die ist eine Seele von einem Herzen.«

»Was du nit sagscht? Und wie merkschde des?«

»Das hat ein Mann meiner Erfahrung im Gefühl. Sie redet überhaupt net übern Maxl.«

»Warum, wenn ich bitte darf?«

»Er hat sich halt stark in sie verliebt.«

»In die Line?« Das Rosinche schlug ein unbändiges Gelächter auf: »Des is zum Totlache!«

»Was ist des? Zum Totlachen? Hätt nur die Line deine achtzigtausend, ich wüsst, was ich tät!«

Und damit schob er sein Wunschhütlein vom einen Ohr aufs andere, schmiss – das Ende des Gespräches fand im Laden statt – die Ladentüre dröhnend hinter sich zu und stürzte fort.

Das Rosinchen wollte ihm noch etwas Spöttisches nachrufen, ließ es aber und hinkte in das Hinterzimmer. Dort sank es kraftlos auf den Drehstuhl, hob die Arme auf das Pult, das es nur schwer erreichte, und legte den gequälten und wirren Kopf darauf. Sich seiner Meisterschaft im Hinaufdrehen zu bedienen, fiel ihm gar nicht ein, es würde das auch in der Stimmung für gemein gehalten haben.

So, die Füße in der Luft hängend, mit Mühe die Platte des Pultes erreichend, lag es und ließ sich von wüsten Vorstellungen zerquälen und ließ sich von garstigen Gedanken foltern, die sich fluchtartig jagten.

Kein Halt, wohin es schaute, und da drinnen tat's so weh, so stachlich die kleine Person auch nach außen tat. –

Plötzlich fühlte es eine Hand auf dem Haar, und eine Stimme, die sich umsonst hart und gleichgültig zu machen suchte, sagte: »Nono! Des is ä bissl zu arg, Rosinche! Schäm' dich! Die Bücher – 's Geschäft – was wär' dann des? Denkschde dann gar nimmer dran?«

Und als es verwirrt und doch schon ein wenig getröstet, wenn auch noch immer benommen von seinen eigenen bösen Gedanken, den Kopf hob, schob sich ein schwerer Foliant ihm zu und der Dade sagte, kurz, dass es fast geschäftsmäßig klang:

»'s Hauptbuch, Rosinche! Acht Tag vergesse! Pack's mit zwei Händ an, da is Halt drin for dich!«

Und das Rosinche nahm es dankbar an, wirklich wie an einen Halt verankerte es sich dran, und bald kritzelt es darauf los, dass die Feder nur so spritzte, und holte alles nach und hatte Sorgen und Kümmernisse und Liebe und Eifersucht und Not und Zorn vergessen.

Währenddessen steuerte der Herr Kampelmachermeister Fritz Glocke der Paradiesgasse zu. Nicht so schnell ging's, wie er aus dem Mahn'schen Laden geschossen war, und nicht so schnell, wie er sonst zu traben pflegte; er hatte an etwas zu würgen, und er hatte Pläne auszuhecken, dafür war der Maxl besonders brauchbar und ihm auch von jeher wichtig gewesen.

Schaute ihn der Maxl nur an, – er brauchte ja gar nicht zu reden, man las ihm ja alles vom Gesicht herunter – so klärten sich alle Dinge wie von selbst, gerade weil er meistens entgegengesetzt dachte wie der Fritzl. Man konnte seine Monologe so gut an ihn hinhalten, da hatte man noch obendrein die Genugtuung, den Maxl ein bisschen hin und her zerren, ihn zum Gruseln oder zur Bewunderung bringen zu können, denn schwankend wurde er ja immer wieder, wenn der Fritzl mit seinen Untiefen kam.

Seit *der* Kammachermeister geworden war, hatte er das Paradies überhaupt noch nicht betreten, und es würde wohl ein großes Hallo geben, wenn er erschiene, dachte er. Dass er den Maxl schlecht und grob behandelt hatte, beschwerte den Fritzl nicht. Wann hätte der jemals eine schlechte Behandlung von seiner Seite übelgenommen? War er nicht auch in seinem Recht, wenn er nicht duldete, dass ein anderer seine Hand auf den alten Freund legte? Hatte er ihm nicht oft schon warnend gesagt: »Du sollst keine fremden Götter neben mir haben«?

Freilich kümmern konnte er sich nicht viel um den alten Kameraden. »Bin ich nicht mit einem Geschäft und mit einer Braut behaftet«, dachte sich der Fritzl, »und muss ich nicht der halben Stadt weiblichen Geschlechtes süße Augen machen, um das Geschäft in die Höhe zu bringen, und nimmt es nicht einen Mann ganz in Anspruch, wenn er sich aus einer über alle Erwartungen zähen Verlobung, die nicht einmal eine richtige ist, zur Ehe durchbeißen soll? Und wer wie ich die aufblühende Liebe in einem unberührten jungfräulichen Herzen hegen muss, damit sie sich entfalte und Früchte trage, ist der nicht sozusagen in einem Ausnahmezustand?« An und für sich ging er jetzt mit Widerwillen zum Maxl. Die Universität, daran hatte er zu würgen, obwohl er dem aufgebauschten Getue der Frauenzimmer nicht glaubte. Die Line tat's, um ihre Baronin in noch höheres Licht zu rücken und das Rosinche versetzte ihm die Nachricht, eine giftige Kreatur wie es war, bloß um ihn zu ärgern. Bah, was waren denn die paar Hunderter, die dem baronlichen Papa wie andere fromme Legate unter kräftiger Assistenz der Kirche in seinen letzten schwachen Stunden herausgedrückt worden waren? Die hochmütige und fromme Baronin, die ihr Lorgnon so indigniert vor die Augen heben konnte, würde wohl einen andern Platz wissen, wohin sie ihre Gunst strömen ließ!

Der Fritzl kicherte vor sich hin.

Schwindel! Schwindel!

Mit der Absicht des Universitätsbesuches würde allerdings der Maxl, den er in Zukunft passenderweise nur in der Dunkelheit hatte besuchen wollen, ein standesgemäßerer Umgang für Herrn Fritz Glocke, Jean Ressers Nachfolger, – aber nein! – es wurmte ihn, es durfte nicht so sein, er wollte es nicht, es wäre auch eine Niederträchtigkeit! –

Es waren keine rosigen und friedlichen Gedanken, mit denen er das Paradies betrat. Auch das Paradies selbst bereitete ihm Zorn. Waren denn die armen Leute dort alle wahnsinnig, größenwahnsinnig geworden? Das war das alte Paradies nicht mehr. Neuer Anstrich an den Häusern, ein paar Knallhütten ganz eingerissen und neue hohe Zinskästen an ihrer Stelle, die mit vielen, vielen Fenstern in die Höhe strebten. Über die Stadtmauern und das alte Neutor schauten zwei rote Fabrikschornsteine, die Ursache der Verwandlung und Verschönerung des Paradieses; alles ging jetzt natürlich in die Fabrik.

Schau da, sogar der Schuster hatte, dem Zuge der Zeit folgend, eine breitgiebelige Mansarde aufgebaut, und da oben hing eine Wildnis von Kapuzinern und roten Nelken herunter. Wenn das keine Allotria des Maxl waren! Seine Lippen zogen sich bös zusammen, und er nahm den Hut ab, so heiß wurde ihm die Stirne.

In der Werkstätte saß nicht mehr der Alte auf dem Dreibein, der schöne Bruder saß da, der viel eher die Qualitäten hatte, ein Sohn des Barons zu sein und – o Ironie des Schicksals! – in der ganzen Stadt seines feudalen Auftretens und seiner Passionen halber der Schusterbaron hieß.

Niemand schien über des neuen Meisters Besuch erstaunt oder gar aufgeregt zu sein. Der Alte lüftete sein Käppchen ein wenig – der Fritzl hatte es ihn schon oft viel beträchtlicher lüften sehen; – er war sehr bequem und schön rundlich geworden und machte jetzt seines Sohnes Gesellen, was ihm viel vergnüglicher vorkam, als das Meister sein. Mochte er einmal nicht arbeiten, so konnte er in der großen Stube nebenan sitzen, die so groß aussah, weil jetzt die vielen Betten herausgeschafft waren. Die Töchter gingen in die Fabrik, erklärte ihm der Alte, ein paar Buben auch, die Kleinen teilten sich in die Dienste, die früher dem Maxl und dem schönen Bruder zugefallen waren. Der Maxl war nicht da.

»Wo ist er?«, fragte der Fritzl, dem's nicht einfiel, seinerseits zu grüßen; die Frage, die er von alters her getan. Der Alte deutete, ohne viel Worte zu verlieren, mit dem Pfeifenstiel nach oben und schaute dann, wie es jeder Schuster von echtem Geblüt zu machen pflegt, auf Fritzls Stiefel und sogleich missbilligend wieder in die Höhe, denn was ein rechter Schuster ist, einer vom alten Schlag, verachtet Fabrikarbeit, und verachtete sie noch mehr zu damaliger Zeit. Das war fast so schlimm, wie wenn einer kein Hemd anhatte, denn der Fritzl trug, ahnungslos was dabei in einem schusterlichen Gemüt vorgehen könne, seinen Grundsätzen gemäß ganz billige »Stutzen« makelloser Fabrikabkunft. Der Richtung des schusterlichen Pfeifenstiels, nicht der des Blickes folgend, entdeckte der Fritzl eine Türe, die früher nie dagewesen, und weil niemand Miene machte, ihn besonders zu bewillkommnen oder ihn in ein Gespräch zu verflechten, und die zwei nur weiterklopften, wie wenn er gestern erst in der Werkstätte gewesen wäre, der Jüngere sogar von der Höhe seiner schönen Männlichkeit herab, mit ausgeprägt ironischem Gesicht, stieg der Fritzl wie ein beleidigter kleiner Gockel auf die Türe zu, und fand eine schneeweiße, noch ganz neue Stiege, die er hinaufstieg, bis er vor einer Tür droben haltmachte. Aus der Türe schallten nämlich die schwachen Töne einer Gitarre, und einer sang mit einer dünnen zittrigen Stimme. Der Fritzl hielt an und lauschte, und sein Gesicht verzerrte sich vor Hohn. So vertrieb er sich also die Zeit! Das genügte ihm? Das war die Vorbereitung für die Universität?

Doch war's der Überraschungen letzte nicht. Beim Eintreten sah sich der Fritzl in einem netten blitzblanken Zimmer, ein einziges Bett darin dokumentierte den Maxl als alleinigen Besitzer. Unerhört! Wann war in diesem Hause jemals irgendwo nur ein Bett gestanden? – Das Zimmer hatte zwei Fenster, und die Sonne schien herein, und die Blumen blühten davor; an der frischgrünen Wand hingen ein paar Bilder, in einem völlig neuen Bücherregal standen Bücher, auf einem Tisch lagen wieder Bücher und Papier und Feder daneben und mitten drinn, nein, dicht neben den Büchern saß der Maxl in einer Art von Schaukelstuhl, hielt die Gitarre im Arm, ließ sich von der Sonne anscheinen und zirpte wie eine Grille. Dabei machte er große blaue Augen in die Ferne und tat von der Herrgottswelt nichts, nichts, nichts!

Bis ins Innerste getroffen und ergrimmt schrie ihn der Fritzl an:

»Du hast, scheint mir's, jetzt eine neue Profession, willst ein Tagdieb werden?«

Von dem lauten und schrillen Ton dieser Stimme kam der Maxl aus seinen Fernen zurück; erschrak zwar, aber ganz und gar nicht so sehr, wie es der Fritzl erwartet hatte.

»Ganz und gar nicht«, sagte er leise; zaghaft und stolz zugleich, legte er seine Hand auf den Stoß Bücher neben sich und sagte: »Da schau, ich studiere, ich lese.«

Der Fritzl lachte, ein böses Lachen war's, und seine kleinen Augen funkelten.

»No, stehst du net auf?« Das war sein alter Ton, und wie in alten Zeiten folgte der Maxl, aber es war Würde in seinem Tun und er sagte: »Entschuldige, und setz du dich.«

»Was? Was wär denn das für eine neue Mode! Wo hast du das gelernt?«, und er machte drei fürchterlich übertriebene Bücklinge und
schrie dazu: »Bei der Baronin Lohberg, bei Gnaden der Baronin Lohberg,
bei der Geliebten –«

»Sei still, Fritzl, ich dulde nichts Gemeines da herinnen, sie kann
tun, was sie mag, schrei nicht so; ich bitt' dich!«

»Ich schrei, wie ich mag, und ich red von der Leber, ich, deine
Duckmäuserei hab ich satt. Was wär denn das für eine Wirtschaft? Seid
ihr alle Fürsten worden? Wie empfängt man mich? Ich bin der Kammachermeister Fritz Glocke, verstanden! Ich hab ein feines Geschäft
aus eigenen Kräften, ich hab eine Braut, die eingestandenermaßen
achtzigtausend Mark Mitgift bekommt, und gleich kann ich sie haben,
wenn ich sie will, brauch nur mit dem kleinen Finger zu winken. Und
wie respektiert ihr das? Bist du ein Baron worden? Muss ich etwa Herr
Baron zu dir sagen wegen der lumpigen paar hundert Mark, die sie dir
wegen deinem Dasein noch zuletzt an den Kopf geworfen haben? Hast
Angst, ich will was davon? Ich will nix, nix, aber als mein Freund sollst
du dich benehmen! Wie geht denn das zu bei euch? Was ist denn das
für eine Wirtschaft? Der Alte macht a G'sicht wie a Großmogul und
der Junge wie a Türk, der die ganze Stadt als Harem gepachtet hat –
es is gewiss jetzt eine Ehre, wenn man mit euch verkehren darf? Verwandt mit dem Hause Lohberg? – Muss man sich anmelden lassen, eh
man in deine Gemächer eintritt? Was haben der Herr Baron geerbt?
Was gedenken der Herr Baron zu tun? Wie weit sind der Herr Baron
mit seinen Studien? Dass ich nicht lach! Der hinkende Maxl und studieren! Der hinkende Maxl und die Universität! Die Universität!
Herrgott, manchmal möcht' dich grad der Zorn umbringen!« Er wurde
kirschrot, ganz wie die Mutter Glocke, wenn sich ihr Quartalszorn von
Weitem ankündigte, und plötzlich brüllte er los: »Wie viel als du kriegt
hast, will ich wissen, auf der Stell sagst mir's, Mensch, ohne Umschweif!
Ich steh dir für nix! Es könnt sein, ich müsst dich halbet umbringen
da heroben in deiner Dockerlstuben!«

Und wirklich drang er förmlich auf den Maxl ein, und packte ihn
fest bei den Handgelenken und schüttelte ihn.

Lautlos ließ sich der Maxl schütteln und schaute nur halb traurig
und halb furchtsam mit seinen großen blauen Augen nach dem Wütenden.

»Brauchst mich nicht halb umzubringen«, sagte er leise, »es braucht nicht so weit zu kommen, es ist kein Geheimnis« – er richtete sich stolz auf, »ich habe zwanzigtausend geerbt und ich studiere das, was mich freut, und hoffentlich wird noch was aus mir; aber jetzt lass los!«, sagte er ernsthaft und fest.

Augenblicklich ließ der Fritzl los: »Zwanzigtausend?«, stotterte er. »Ich kann's net hören, ich kann's net vertragen, mach keine schlechten Witz! Und du, du – studierst und ich? –«

Und plötzlich löste sich die Spannung in ihm, alle aufgespeicherte Aufregung, aller Zorn überschlug sich förmlich, er knickte zusammen, es fing an ihn zu stoßen und er begann zu weinen. Ein verbissenes eigensinniges Schluchzen war's, das den Maxl hilflos und furchtsam machte, er wusste nicht, was tun. Zuletzt wollte er den Fritzl linkisch bei der Hand nehmen und ihn trösten, ihm in seiner Verwirrung zureden, aber der stieß ihn zurück, sprang auf und brüllte: »Rühr mich nicht an, du Tropf, du falscher, aus ist mit uns!«, und rannte hinaus, ohne ihm einen Gruß gegeben zu haben.

Auf der Treppe stieß er fast des Maxls Mutter um, er sah sie nicht und hätte sie überhaupt nicht mehr gekannt.

In ihrer Angst, weil sie streitende Stimmen hörte, war sie schon eine geraume Zeit draußen gestanden, die lauten Reden hatten sie aufgestört und erschreckt, sie bangte jetzt für ihren Maxl. Jetzt war er ihr das liebste unter ihren Kindern, es war ja auch gewissermaßen in Erfüllung gegangen, was sie für ihn gehofft. Sooft sie jetzt von ihm sprach, kam ein Glanz in ihr Gesicht, das noch immer faltenlos war, und das einst schöne Wäschermädl nicht verleugnete.

Natürlich dachte der Maxl, nun sei es mit der Freundschaft aus, und er war traurig darüber und trug nicht leicht daran, wenn er auch jetzt einsah, wie vieles Spreu am Fritzl war; er war ihm doch einmal alles gewesen, Heimat, Zuflucht, mehr als Vater und Mutter, Glaube an eine Zukunft; er verkörperte ihm sein jugendliches Wollen, sein Ringen, seine früheren Träume. Er war doch einmal sein Abgott gewesen, sein unerreichbares Ideal, sein zweiter »Bismarch«! Freilich, jetzt musste er über vieles lächeln, doch sein Glaube an Fritzls überragende Begabung war noch nicht ganz erschüttert, dazu kam das Mitleid jetzt auch noch.

Er verstand, oh, er verstand ihn so gut, und es tat ihm weh, dass gerade er ihm diesen Schmerz zufügen musste!

Dazu erschütterten ihn jetzt Gefühle, die er nicht mit der Mutter, die er nicht mit dem Kaplan oder gar mit der Baronin besprechen konnte. Der Mutter wäre ja nichts schön und vornehm genug für ihn gewesen, der Kaplan wies ihn in solchen Dingen mit einer Art verlegener Hast ab und der Baronin, die ihn gerade nach der Richtung hin stets auf das Peinlichste ausforschte, ja, der es ein Bedürfnis war, ihn deshalb zu quälen, hätte er um die Welt nichts eingestanden. Sie war trotz aller Liebenswürdigkeit, die freilich immer mit Malice gewürzt war, für ihn dieselbe geblieben, die ihn seinerzeit mit den fein behandschuhten Fingern hin und her gedreht, mit dem Lorgnon betrachtet und für untauglich erklärt hatte. Sie drehte ihn geistig jetzt auch herum und er hatte das deutliche Gefühl, sie hielt ihn genau für ebenso »unzulänglich« wie damals, und sie tat nur, wie wenn sie einer Laune des Verstorbenen treu bleiben und ihn dulden wollte aus übertriebener Pietät. Gut, er wollte diesen krüppelhaften Sohn versorgen, um sein Gewissen zu entlasten, quasi um etwas gutzumachen; sie tat ihr Möglichstes, wenn sie auch dabei die Mundwinkel herabzog und die Achseln hob wie damals, wo er als Versuchskaninchen vor ihr stand. Sie wäre die letzte gewesen, der er von seinen Geheimnissen verriet, obwohl sie immer augenblinzelnd tat, als wisse sie schon längst alles.

Um solch zarte Dinge auszusprechen, hätte er eines Freundes bedurft. Die waren ja so zart, dass er sich vor der Mutter schämte. Vielleicht hätte er doch mit Fritzl davon reden können – vielleicht! Nun kam der unselige Streit. Freilich nahm er sich gerade wegen des Streites vor, den Fritzl in seiner jetzigen gedrückten Stimmung aufzusuchen, aber immer wieder hielt ihn sein Stolz davon ab. Der Maxl war tatsächlich in seiner Art stolz geworden. Das Vermächtnis des Vaters, der zu seinen Lebzeiten nichts von ihm hatte wissen wollen, hatte ihm doch mehr Rückgrat gegeben, als er selbst wusste. Er war über Nacht aus einem Geduldeten und unwirsch Behandelten, aus einem Gedrückten und Hoffnungslosen ein Freier, ein Beneideter und Gesuchter geworden. Auch zu Hause, ja gerade da am meisten. Der Vater Schuster tat, als habe er nie einen Zweifel darein gesetzt, dass er sein ehelicher Sohn sei, obwohl ihm – o wunderliche Verkettung der Dinge! – die Erbschaft infolge seiner Unehelichkeit zugekommen war, und er sagte zu allen Leuten, die es hören wollten: »Mein Herr Sohn, der Student«, oder gar: »Mein Herr Sohn, der Schriftsteller«, obwohl der Maxl ganz erschrocken dagegen protestierte und behauptete, er wolle es ja nur probieren, ob er es wagen dürfe, er solle doch ja niemand ein Wort darüber verlauten lassen! Es kam doch unter die Leute, und nicht allein die Paradiesgasse lachte sich krumm darüber, dass der hinkende Maxl ein Dichter werden wollte.

Das war ja des Dichters Los, dass sie ihn alle nicht verstanden, nur von einer hätte er es ersehnt, dass sie ihn verstanden hätte, von einer, die ihm in ihrer Träumerei und Entrücktheit ähnlich war.

So kam es, dass er oft und zu allen Tageszeiten in der Nähe der Villa Lohberg anzutreffen war, sie in weitem Bogen umkreiste, ihre Fenster nicht aus den Augen ließ, scheinbar auf einem Spaziergang begriffen, scheinbar in ein Buch vertieft, im langsamen Schlendern, oder vor sich hinträumend auf einer Bank, dem großen parkartigen Garten der freiherrlichen, oder besser freifraulichen Behausung gegenüber.

Sonderbarerweise lief ihm dort auf einmal der Fritzl in den Weg zu einer Stunde, wo er notwendigerweise noch im Geschäft hätte sein sollen.

Während dem Maxl das Herz bis in den Hals herauf schlug, tat der Fritzl gar nicht, als sei irgendetwas zwischen ihnen vorgefallen, sondern meinte nur etwas obenhin: »Hab eben mit dem Fräulein Lini einen Spaziergang ins Sommertheater nach der Eich verabredet, da musst du natürlich auch dabei sein, wir sind alle vier doch eigentlich rechte Theaternarren, bist einverstanden?«

Der Maxl nickte stumm und war von Herzen gern dabei. Das Rosinchen meinte freilich, als ihr der Herr Kampelmachermeister den Plan des »Freundschaftsausfluges« mitteilte: »Freundschaftsausflug? Des sin Freundschafte wie schlecht geleimte Kaffeetasse!«

Es hatte überhaupt etwas sehr Aggressives und, entgegen seiner sonstigen Gesetztheit, etwas Unruhiges angenommen, das sich deutlich bei dem Ausflug zeigte.

Während sie auf der staubigen heißen Landstraße, die nach der »Eich« führte, paarweise dahinschritten, der Maxl und die Line voraus, züngelten des Rosinchens Blicke fortwährend von einem zum andern, ohne dass es daran gedacht hätte, den Fritzl geistreich zu unterhalten, wozu es sonst weitgehende Anstrengungen machte.

Vorhin hatte der »Babe« gesagt:

»Rosinche, ich seh mit Befriedigung, dass du anfängst, dein Herz zu ignoriere; recht so. Ämol muss der Kopp wieder an die Tour. Wann er ganz an der Tour is, will ich noch ganz was anneres mit dir rede.«

So weit war's zwar noch nicht, wie es Vater Aaron sich dachte. Das Bräutchen war nur in zerrissener Stimmung. Nach außen hin sah alles freilich ganz harmlos aus, sie und der Fritzl, der Maxl und die Line, alles in Ordnung.

Dass der Maxl mit den schönen großen und elegischen Augen, das Schönste an ihm, Feuer gefangen, musste ja ein Blinder sehen. Die Line dagegen, die sah das gar nicht, die wollte das gar nicht sehen. Dafür hatte das Rosinchen Augen wie ein Luchs und die Ohren überall. Es hörte genau, was der Maxl sagte und hörte, dass die Line nur verlegen dazu lachte und nicht antwortete, aber stets eine Wendung mit dem Kopf nach rückwärts, zu ihnen machen wollte, und es immer wie unter einem Zwange wieder unterließ.

»Die is in den Fritzl verliebt!«, sprach es in ihr. Und plötzlich bemerkte sie eine neue Krawatte an ihrem Bräutigam. Rot war sie, von Damast schwerster Qualität mit weißen Tupfen, und Rosinchen wusste, förmlich hellseherisch, ganz sicher, die hatte er sich nicht selbst gekauft, so was Teueres kaufte sich der Fritzl nicht.

Und sofort hielt sie ihn an, sie stellte ihn, sie drückte ihm die Faust auf die Brust: »Von wem is die Kravatt'? Hab de Mut und red aus.«

Doch der Fritzl mit seinem verkniffensten Gesicht, sagte ganz gleichgültig: »Geschenkt hab ich sie gekriegt. Mir hat sie gefallen in einer Auslage, da hat sie mir wer gekauft, Geheimnis wer. Du kapierst so was freilich net.«

»Von wem is se?«, zischte das Rosinchen und krallte sich in seine Weste ein.

»Bedaure, ich sag's nicht.«

»Was?«, schrie das Rosinchen. »Ich bin dein Braut und du nemmscht Geschenke?«

»Halt! Du bist meine Braut noch lang nicht richtig, und kein Ring und kein Knopf bestätigt mir deine Liebe auf immer und ewig.«

Da kniff das Chlonnenchltrählche die Lippen ein und redete kein Wort weiter. Nur einmal fragte es den Fritzl: »Was murmelscht du immer?«

»Ich mach Geschäftsbilanz«, sagte der Fritzl. Dabei murmelte er immer vor sich hin: »Achtzigtausend Mark, achtzigtausend Mark wirft keiner weg. Du kriegst sie net wieder in die Finger. Achtzigtausend sind mehr wie zweitausend, mehr wie zwanzigtausend, mehr wie studieren.«

So gingen die vier Menschen dahin und ihre Gedanken taumelten umeinander herum wie betrunken. Wenn sie zusammen sprachen, war's wie ein Werk, das aufgezogen wurde, und sie hätten gewiss im Augenblick alle vier nicht zu sagen gewusst, von was sie redeten. Ihre vier Körper bewegten sich vorwärts und erfüllten die ihnen unter diesen Umständen aufgezwungenen Funktionen. Ihre Seelen gingen derweilen in anderen Gefilden spazieren.

Auch während der Theateraufführung kam kein gemeinschaftlicher Gedanke auf. Der Maxl war schon zu weit über die rohe und primitive Art des Schauspiels hinausgewachsen, um noch irgendeinen Genuss daran zu haben, der verliebten Line war es nicht verliebt und dem eifersüchtigen Rosinchen nicht tragisch genug, während der Fritzl, dem nur die Bösewichter imponierten und Genuss gaben, gar nicht auf seine Kosten kam. So waren sie alle vier verstimmt und enttäuscht und gingen, noch ehe das Stück zu Ende war, wobei freilich das Rosinchen schwach protestierte: »Bleiwe mer bis es aus is, jetz hat's ämal des Geld gekoscht!« Jedoch niemand hörte auf sie; im Halbdunkel hatte sich die Line dem Fritzl genähert und war schnell wieder von ihm zurückgewichen, der Maxl hatte aber doch gesehen, dass sie etwas in Fritzls Hand hatte gleiten lassen, und der hatte es genommen wie etwas Gewohntes, Selbstverständliches, wie einen Tribut. –

Überwand er sich auf dem Nachhauseweg, die Line anzusprechen, so war's, als müsse er sie aus weiten Fernen holen, und sie stieß zuerst immer einen kleinen Seufzer aus, ehe sie antwortete, wie wenn sie ungehalten sei über die Störung.

Das andere Paar war fünf Schritte voraus, und das Rosinchen fand es gar nicht erst der Mühe wert, die kurze Strecke zurückzugehen und »Gute Nacht« zu sagen, als das letzte Paar die Villa Lohberg erreicht hatte. Die Line zögerte und zögerte am Gitter, aber auch der Fritzl rief nur kurz: »Gute Nacht, schönes Kind!« herüber, da klinkte sie schnell die eiserne Türe auf, schlug sie wieder zu und rannte hurtig den Kiesweg hinunter. An den Maxl dachte sie gar nicht mehr.

Als auch das Rosinchen abgeliefert war, – es ging ziemlich geschäftsmäßig dabei zu – veranlasste der Fritzl den Kameraden, die leere Promenade auf und ab zu bummeln. Nur er redete, der Maxl blieb lange Zeit stumm.

»Muss man sich Emotion machen, wenn einem der Kopf so voll ist«, meinte der Fritzl.

»Oder das Herz«, wagte der Maxl einzuwerfen.

»Herz, was ist des?«, sagte Fritzl verächtlich. »Die Sachen, worauf's da ankommt, haben mit dem Herzen nix zu tun. Überhaupt, das Herz ist was für die angehenden Dichter aus dem Paradies, für die sonstigen Leut kommt was ganz anderes in Betracht, verstanden? Und der Kopf gehört dazu. Sakrement, wenn die Lini die achtzigtausend hätt, kein Augenblick brauchet ich mich abzustudieren.«

»Die Line?«, stotterte der Maxl.

»No, warum denn nicht? Ist sie nicht ein feines rundes gutgestelltes appetitliches Frauenzimmer? Und verliebt! O mein', der arme Kerl! Gar nimmer helfen kann sie sich! Da wird sich einer doch nicht lang besinnen? Brauchst sie nur mit dem Finger anzurühren! – Was machst denn für Augen? Ich glaube gar, du fangst zum Zittern an? Ja, Freunderl, hat's so viel bei dir gschlagen? Schau, desselbig hab ich ja net gmerkt, so viel haben mich die zwei in Atem ghalten! Tut mir leid, tut mir recht leid, aber die Lini hat sich schon vergeben, hoffnungslos zwar im Endziel, aber vorderhand eigentlich recht ersprießlich, mit mir nämlich, weg ist sie, rein weg.« Er warf sich in die Brust. »Da ist nix mehr zu machen; siehst, gar zu viel braucht der Mensch auch nicht zu haben, es ist gesorgt, dass die Bäume nicht in den sogenannten Himmel wachsen. Dir 's Studieren, mir die Frauenzimmer, dir das Kalte, mir das Warme, so ist es grad nur gerecht verteilt und wir wollen schauen, wer bei seiner Sache am weitesten kommt. Aller Anfang ist schwer und das Ende krönt den Meister, hab ich gehört. Du bist ganz graupig geworden, Freunderl! Du hast gemeint, auf deinen Geldsack muss sich ein Weiberherzerl auch noch oben drauf platzieren. Weit gefehlt! Dazu braucht man andere Leut, und einer muss net alles haben, für dich ist das Studium schon viel zu viel. Dagegen für mich – du machst ein ungläubiges Gesicht? Mir fliegt alles zu. Wetten? Geh mir nur nach, da kannst was erleben. Die Lini steht ganz gewiss noch im Park und wartet auf mich.«

Obwohl sich der Maxl wie vor den Kopf geschlagen vorkam und das Ablauern und die Schleichwege verächtlich fand, war die Versuchung doch zu groß. So sehr er den Fritzl in diesem Augenblick hasste, und so niederträchtig er ihn fand, er ging ihm doch nach, stellte sich hinter einen der dicken Lindenbäume, die gerade vor der Villa standen, und sah starr nach dem Park. Es war ganz still ringsum, sogar die Schritte Fritzls hörte man nicht auf dem vom Regen der gestrigen Nacht feuchten und weichen Boden, man sah nur seine glimmende Zigarre. Die Stille und die tiefe Dunkelheit sanken förmlich betäubend auf Maxl nieder. Er hielt den breiten Baumstamm umklammert, in seinem Kopf dröhnte es, und keine Nacht war ihm jemals so schwer und undurchdringlich erschienen. Einzelne Tropfen fielen, es war wie ein Huschen in den Büschen, ein sachtes Klopfen, das aussetzte und wieder anfing, bis es zuletzt in ein sanftes einförmiges Rauschen überging. Und durch dies leise Rauschen schnitt plötzlich ein Pfiff.

Maxl ließ den Baumstamm los und richtete sich auf. Er sah, wie sich durch die Dunkelheit etwas Weißes bewegte, immer näher kam und dann haltmachte. Ein Schatten trat vor das Weiße, jetzt hörte er Stimmen, bekannte Stimmen, eine geliebte dabei, – mehr wollte er nicht sehen und mehr konnte er nicht sehen, es war zu viel für ihn. Er riss den Hut vom Kopf, denn der Schweiß brach ihm überall aus, und lief, so schnell es sein lahmes Bein erlaubte, davon, quer über Wiesen und Felder, planlos hin und her … Es war weit nach Mitternacht, als er in der Paradiesgass ankam und müde und zerschlagen wie ein verprügelter Hund unter die Decke kroch.

An dem schweren eisernen Tor der Villa Lohberg ging das Schäferstündchen, unbeirrt durch des lahmen Statisten Flucht, seinen Gang weiter.

Dass die Line in ihrem angeborenen starken Sittlichkeitsgefühl das Tor »unentwegt« geschlossen hielt, verdross den Fritzl über alle Maßen. Er war durchaus nicht veranlagt, hier Pyramus und Thisbe zu spielen, besonders wenn ein Schlüssel da war, den noch dazu und schmählicher Weise dieses weiß beunterrockte weibliche Wesen in der Hand hielt.

Jede irgend mögliche sonstige Annäherung verwehrte das tückisch gewundene Gitter. Hatte er einmal glücklich die Hand durch und glaubte die Line zu fassen, so blieb er gewiss stecken und weh tat's noch obendrein. Kriegte er den Arm frei, so entschwebte die Line. »Ach, Monsieur Glocke, ich bitte schön, machen Sie mir keine handgreiflichen Liebeserklärungen! Es geht nicht. Freilich, die Liebe! Sie kommt und sie ist da, und wir können nichts machen, wenn sie groß und echt ist. Aber ich darf Sie definitiv nicht immer so anhören, wenn's auch heimlich ist! Nein! Nein! – Rühren Sie mich nicht an! Es ist sündhaft! Ach ich liebe Sie, aber ich habe mir geschworen, standhaft zu bleiben! Ich bringe ja dieser Liebe Opfer, wie Sie wissen, ich könnte alles opfern, aber das Rosinerl hat Sie schon drei viertel in Besitz, es geht nicht an.«

»Aber Schatz, Lini, ich hab ja nur dich gern«, sagte der Fritzl, indem er verzweifelte Anstrengungen machte, nach der Line zu haschen. »Es gibt ja Augenblicke, wo ich wünsch, dieselbige, noch nicht ganz anverlobte Braut und ihren Alten möcht der Teufel holen! Aber Sie, Angebetete, geben Sie doch den Schlüssel her! Nein? Stellen Sie sich doch net so! Nehmen Sie sich ein Beispiel an Ihrer Gnädigen! Der Herr Kaplan hat gewiss einen Schlüssel, Sie brauchen gar nicht ›Pfui!‹ zu schreien. Jetzt gibst ihn her, gleich gibst ihn her! Nein? Also nicht, und da wird dir so manches entgehen, der Schaden kommt auf dein Haupt! – Was ich sagen wollt': Ich hab doch ein schönes Geschäft.«

»Ein schönes Geschäft«, hauchte die Line.

»Und eine schöne Hypothek drauf.«

»Eine schöne Hypothek drauf«, sagte bewundernd die Line.

»Da muss ich nach Geld heiraten.«

»Nach Geld heiraten«, echote die Line.

»Wie viel haben denn Sie eigentlich, am meisten Geliebte?«

»Ach, reden wir nicht davon, aber ich bin bereit, alles für dich zu opfern, wenn nur dieser Hemmschuh, das Rosinerl – ich liebe dich ja allzu sehr!«

Sie fing an zu schluchzen und presste sich gegen das Gitter, dass nicht nur die früher verleugnete und nur verschämt zur Schau getragene Brust, sondern auch die drallen Backen sich zwischen den Verzierungen herausdrängten, und der Fritzl eifrig bemüht war, etwas von diesen Herrlichkeiten zu erobern. Doch stets waren die gebogenen Eisen dazwischen, immer legten sich stachlige Kanten vor. Er maß die Entfernung, die Höhe des Gitters, soweit es ihm die Nacht erlaubte, auf einmal machte er einen Satz in die Höhe:

»Nicht! Nicht!«, kreischte die Line. »Das gehört sich nicht! Das darf man nicht tun! Ich will keusch bleiben!«

»Von mir aus!«, schrie der Fritzl wütend, und: »Da! Da!«, schrie die Line entgegen, warf blitzschnell ein Paket über das Gitter und flog sofort spornstreichs den Kiesweg hinunter. Schnell bückte sich der Fritzl, öffnete und erkannte im Licht eines Schwedischen einen feinen, weichen, grauen Filzhut, den er sich schon lange gewünscht. Ohne viel Umstände drehte er sein Wunschhütlein zusammen, stopfte es in eine Tasche und setzte den vornehmen Grauen schief aufs linke Ohr. So ging er pfeifend der Stadt zu, ein Eroberer, ein Held, und voller Schadenfreude des Maxl gedenkend. –

Als er bei seiner Wohnung angelangt war, bemerkte er, dass nebenan im »Salon« seiner Frau Mama noch Licht brannte. In der übermütigen Stimmung, in die er durch den Grauen versetzt worden war, juckte es ihn, sich einmal wieder an der Stätte seiner Geburt umzusehen. Die Alte hatte vergessen, die Vorhänge zu schließen, so konnte er hineinschauen. Da lag sie im Bett, wie ein hilflos auseinander gegangener und zugleich zäher Teig, der allerlei unerwartete und unmotivierte Blasen macht. Neben dem Bett saß weiß Gott jene zweite, zum Verwechseln ähnliche Mutter Glocke, allerdings jüngere Ausgabe, aber täuschend ähnlich. Dieselben Wülste unter den Augen, dieselbe Unterscheidungslosigkeit zwischen Brust und Leib, dieselbe Zerflossenheit. – Er wäre gern gleich vom Fenster weg und nach Hause gegangen, wenn ihn nicht etwas gehalten hätte. In der Sofaecke – die alte Kanaille hatte jetzt ein Sofa! – schlummerte etwas, das nur ganz traumhaft die weitausholenden Formen der andern andeutete und kleine süße Wülstchen unter den Augen hatte, fast wie ein Kind, das sich müde geweint hatte. Ein kleines, rundes, liebes und ein wenig trauriges Gesicht unter einem Wust von krausem hellbräunlichem Haar, – und eine Haut, eine Haut wie Elfenbein, genau wie man ihm die Haut seiner unbekannten weiland Schwester, der verehelichten Frau Wischnofsky, Schweinezüchtersgattin in Ungarn, beschrieben.

Mit einem Ruck schob der Fritzl den weichen, grauen, neuen Filz vom linken aufs rechte Ohr, fingerte an seinem Kragen herum – zum

Teufel, schließlich gehörte er auch zur Familie, und war's eine ungewöhnliche Zeit und eine Überraschung, er liebte eben ungewöhnliche Zeiten und Überraschungen. – Das Geheimnis des Schlosses kannte er noch von seiner Jugend her und mit einem jovialen: »Guten Abend, Mama!« trat er in den Familienkreis ein.

Am andern Morgen in aller Frühe drängte es ihn heftig, beim alten Mahn vorbeizugehen. Das Rosinchen stand unter der Ladentüre und bemerkte ihn nicht. Besonders geistreich sah es nicht aus. Es ließ die Unterlippe hängen, hielt die Hände im Rücken gefaltet und schaute mit mächtig weit herausgedrehten Augen die Gasse hinab.

»Guten Morgen, Schneckerl«, sagte der Fritzl und lüftete den Grauen. Natürlich fiel des Rosinchens Blick sofort auf ihn.

»Wo is der her?«, inquirierte es.

Der Fritzl sah triumphierend nach ihr: »Von der Krawattenspenderin.«

»Was? Wer is des? – Und so was setzscht du am Werktag auf? Warum bischde überhaupt nit im Geschäft? Wer hat d'r de Hut gewe? Jetz sag's auf der Stell!«

»O nein, ich sag das nicht. Im Geschäft bin ich nicht, weil meine Schwester, die Frau Großhändler Wischnofsky mit ihrer Fräulein Tochter, etwas leidend, hier zu Besuch ist, ich werde die Damen auf einem Spaziergang begleiten.«

»Du wirscht se doch nit zu uns bringe?«

»Als was könnt ich denn da kommen, Geliebte meiner Seele? Nana, so tun mir net. Ist erst die Frage, ob meine Familie was von dir wissen will, bild dir net allzu viel ein, Tochter Aarons!«, drehte sich auf dem Absatz herum, schwenkte recht leutselig den grauen Hut und stieg wie ein kleiner Triumphator die Girgengass hinunter.

Nur einen kurzen Augenblick stand das Rosinchen perplex, dann fing alles in ihm zu rumoren an, wie wenn Zündstoff in ein Pulverfass fliegt. Es vergaß den Laden, es dachte nicht mehr daran, dass es Hausschuhe mit ganz krumm getretenen Absätzen anhatte, es fingerte nur schnell seinen alten Hut herunter, riss den Knicker an sich und lief, was es nur konnte, der Villa Lohberg zu.

Als es in eiligem Wackellauf, einer verfolgten Ente nicht unähnlich, dort ankam, wurde gerade das Gitter geöffnet. Ein Gärtnerbursche harkte die Wege, der gestrige Regen lag noch auf den Beeten, und schwere Tropfen fielen aus den Sträuchern. Auf der Terrasse in der Morgensonne stand ein gedeckter Frühstückstisch, und durch die offene Türe sah das Rosinchen eben die Line verschwinden.

Spornstreichs lief es an dem verdutzten Gärtnerburschen vorbei, quer über den nassen Rasen, stieg keuchend die Stufen zur Terrasse hinauf, überquerte dort die roten Läufer, überall schmutzige Spuren zurücklassend, und stand plötzlich nach Luft schnappend, im Salon der ganz fassungslosen Line gegenüber, die vor der drohenden Haltung der kleinen kriegerischen Person immer mehr in den Hintergrund rückte. Aber das Rosinchen rückte kampfbereit nach, es wusste, was es wollte, und es brachte seinen Willen nachdrücklich zur Geltung.

Als die Line nicht mehr weiter zurückweichen konnte und sie sich ganz nahe gegenüberstanden, hatte das Rosinchen seinen Atem wiedergefunden:

»Hascht du dem Glocke (es sagte nicht dem Fritzl!) die rot Kravatt' mit dene weiße Tuppe gewe? –«

»Hascht du dem Glocke Goldfüchs' angehängt? –«

»Hascht du dem Glocke en weiche helle Filzhut gewe, gewiss siebe oder acht Mark wert?«

Die Line stand mit gefalteten Händen da, dicke Tränen sammelten sich in ihren Augen und liefen über ihre Wangen herab. So war's recht, das war wieder die demütige Line von früher, die Sklavin –

»Rosinerl«, stammelte sie, »ja, ja, ja, – ich bin diese Elende, verzeih mir! Wüsstest du dich in mich zu versetzen, ich hab ja nicht anders gekonnt. Wenn die Liebe ins Spiel kommt, weißt du, was das ist? Wenn du wirklich liebst, musst du das wissen. Alles könnt' ich für ihn tun, es ist meine Bestimmung. Aber du, sei nicht so hart, sei nicht unbarmherzig, denke nicht schlecht – o Gott, nein! Ich schwöre dir's, ich bin rein – ich habe Grundsätze. Schone mich, es ist die Liebe, und es kommt ja nur darauf an, wen er am meisten liebt« – (beinahe wäre die Line in die Knie gesunken).

»Esel!«, schrie das Rosinchen empört. »Aufs Geld kommt's an. Der pfeift dir auf dein Lieb mit deine paar Grosche! Werf se auf de hinkende Maxl, da brauchsch dich nimmer so gemein aufzuführe und der beste Freundin den Bräutigam abzufange! Pfui Teufel! Schäm' dich!«

Und in einer Aufwallung zorniger Verachtung stieß sie der Line den grünseidenen Knicker in den Busen, dass die Fransen wie wahnsinnig tanzten. Es war ihr eine Wollust, mit der Spitze des Schirmchens in dies weiche nachgiebige Fleisch zu stoßen und ehrlich verachtend dabei zu rufen: »Pfui Teufel, schämst du dich nit? Nit ämal ä Korsett hascht an, du, mit deiner Schamhaftigkeit!«

Regungslos wie eine Märtyrerin hielt die Line auch dem letzten »Stich« mit dem Knicker stand und schaute entgeistert der wackelnden Silhouette des Rosinchens nach, das auf demselben Weg verschwand, auf dem es gekommen, verfolgt von dem aufgeregten Gärtnerburschen und einer großen grauen Dogge.

Ein paar Tage lang ging die Line mit verweinten Augen in ihrem dumpfen Schmerz umher und litt furchtbar darunter, sich niemand offenbaren zu können. Weder den Fritzl noch den Maxl, der ihr jetzt gerade recht gewesen wäre, sah sie, am Mahn'schen Hause traute sie sich nicht vorbeizugehen, doch rang sie mit dem Entschluss, einen großen Brief an die Freundin zu schreiben, da bekam sie selbst einen vom Rosinchen, der so lautete:

»Liebe, alte Line!

Du kannst mir doch nicht wirklich bös sein, ich bin in Kenntnis davon und ich muss neulich rasend gewesen sein, du weißt: »Da werden Damen zu Hyänen!« Du hast recht, es ist so, wenn die Liebe ins Spiel kommt, es war auch falsch von mir, nicht nur die Äußerlichkeiten kommen ins Gehege, es ist alles Trug und Schein, und man kann sich auch an die Seele halten und mit beiden glücklich werden. Das bin ich jetzt und vollkommen im Reinen, ich hab mich wiedergefunden und lade dich deshalb zu einer Familienfeier (Verlobung) ein, bei der auch der Betreffende beteiligt ist. (Sonntag um ½12 Uhr.) Ich ziehe unsere weitläufige Freundschaft in Betracht und bitte dich um Verzeihung und darum, dass du kommst, es wird dich nicht gereuen.

Deine dich trotzdem liebende und noch glücklich zu werden hoffende

Rosine Mahn.

NB. Für Überraschungen ist gesorgt!«

Auch auf dem Ladentisch des Herrn Kammachermeisters Fritz Glocke, Jean Ressers Nachfolger, wurde ein Brief von Fräulein Rosina Mahn niedergelegt. Darin stand:

»Herr Kammachermeister Fritz Glocke, Jean Ressers Nachfolger, wird gebeten, sich zur Feier der Verlobung am nächsten Sonntag ½12 Uhr bei Herrn Aaron Mahn einzufinden.«

Was? – Was? – Was war das? –

Der Herr Kammachermeister rannte wie besessen im Laden hin und her.

Was sollte da auf einmal gefeiert werden? – – Er mochte den Haarschopf drehen und ziehen, wie er wollte, sein Zorn und seine Verwirrung wurden immer größer. Warum kamen die denn gerade jetzt daher, wo sich so manches ändern wollte, wo sich noch nicht alles geklärt hatte, wo er im Begriff war, andere süße Bande anzuknüpfen? Gerade jetzt fiel es der konfusen Gesellschaft ein! Was war denn dem niederträchtigen Alten plötzlich in die Krone gefahren? – Sollte er zur neugeschenkten Schwester und zur leidenden schönen Nichte und sich Rats erholen? Nein! Damit verdarb er sich ja alles! Hier die achtzigtausend, dort – nein! um keinen Preis!

Dabei hatte er keinen Gesellen, niemand, der ihn im Laden vertreten konnte, und die tückische Glocke, d. h. die Ladenglocke, nicht die Mama Glocke, machte in einem fort bimbim – er konnte nicht fort!

Es war doch gemein, ihm die Sache so ohne Weiteres an den Kopf zu werfen! Die packten ihn ja direkt beim Kragen! – Bagasch!

Endlich wurde es Abend, endlich konnte er fort – aber als er an das Mahnsche Haus kam, sah er, dass alles verschlossen und alle Fenster dunkel waren.

Aus der halbtauben Magd war nichts weiter herauszubringen, als dass die Herrschaften alle fort seien, alle.

»Verfluchte Gesellschaft«, räsonierte der Fritzl. Die gingen doch sonst nie spazieren! War denn alles verhext?

Auch der Maxl war fort.

»Vielleicht Fensterparaden machen«, meinte mit dem Gesicht des überlegenen, schönen jungen Mannes, von oben herab, lächelnd der Bruder Schusterbaron.

Wo er sein könnte, dachte sich der Fritzl, aber als er hinauskam vors Tor, und in die breite Allee einbog, begegnete ihm die Line allein. Sie kam auch sofort auf ihn zu, aber die passte ihm heute nicht in den Kram, trotzdem musste er standhalten.

»Ach Fritzl«, hauchte die Line, – in ihren Augen standen Tränen – »so ist der Würfel gefallen, das Schicksal hat entschieden!«

»Ja, Schnecken«, schnaubte der Fritzl, »Verlobung ist keine Heirat, ich hab mir grad jetzt noch was anders zu überlegen.«

»Ach, aber es ist entsetzlich! Sie lieben die Ärmste nicht! Dutzendmal haben Sie mir versichert« – sie weinte laut –, »dass du nur mich liebst!«

»Heulen Sie doch net so! Ich kann so ein Rinnsal net leiden! Was ist denn nachher? Geld hat sie halt –«

»Ach Fritzl, alles sollst du haben, was ich besitze, alles schenk ich dir –«

Der ungeduldige Fritzl schnitt eine Grimasse.

»Da hätten Sie früher drandenken können –.«

»Alles hätt' ich aus freien Stücken getan –«

»Ja«, grunzte der Fritzl, »nur das net, was ich wollen hätt! Hören Sie, meine Holdeste, ich bin nicht eingenommen für Ihre Temperiertheit, wenden Sie's doch dem Maxl zu, für den genügt's, und lassen Sie in Zukunft mich ungeschoren; ich weiß sowieso net, wo mir der Kopf steht vor lauter Frauenzimmer! Ich hab gemeint, in dem Haus da haben Sie was gelernt; die recht schöne Vereinbarung von Frömmigkeit und Lebensgenuss und von Heimlichkeiten und ›sich alles erlauben‹, Sie haben kein Talent, haben Sie gehört?«

Da ging er hin! Nicht einmal den Hut lüftete der Schamlose, den von ihr gekauften Hut, und ohne Erröten trug er die rote Krawatte! –

»Die Maske ist gefallen«, flüsterte die Line, »der Elende entlarvte sich selbst.«

Nun war sie entschlossen, zur Feier zu gehen und dem Rosinchen zu verzeihen, es *musste* aus den Klauen dieses Satans befreit werden.

Das Rosinchen ließ sich an dem bestimmten feierlichen Tage nicht sehen.

Der alte Mahn empfing. Sehr leutselig, sehr aufgeräumt, in einem altmodischen Bratenrocke mit langen Schößen, der verdächtig grün aussah. Das ganze Haus war geschmückt, am Treppenaufgang standen zwei große Lorbeerbäume, ein riesiges Willkommen prangte über der Türe der guten Stube; zwar die weißen Überzüge hatte man nicht entfernt, auch der Kronleuchter steckte noch in seinem Gazebeutel, so wusste man, dass das eigentliche Fest in der Wohnstube begangen werden sollte, Stätte der Verlegenheit der Line und des Fritzl. Die Line war zugleich beengt durch die Gegenwart eben dieses Fritzl, der kein Wort an sie richtete, und auf der äußersten Stuhlkante saß, wie einer, der jeden Augenblick fortlaufen will, und durch die schwermütigen und dabei anklagenden Blicke, die der Maxl auf ihr ruhen ließ.

Der Fritzl trug seinen schwarzen Anzug, Marke Mahn, und hielt seinen Zylinder krampfhaft in beiden Händen. Weiße Handschuhe hatte er sich auch gekauft und suchte nun ängstlich die geplatzten Nähte zu verbergen. Seine weiße Krawatte saß schief, und er schwitzte unaufhörlich.

Der Alte war zutraulich mit ihm wie noch nie, klopfte ihm auf die Achsel und meinte händereibend:

»Ich bin ausgesöhnt mit Ihne, heut sind Se mir von Herze willkomme, und lasse Se nur Ihr Licht leuchte, so ä Festlichkeit kommt nur hie und da im Lebe.«

Je zutraulicher der Alte wurde, desto gekrümmter und versunkener saß der Fritzl in seiner einsamen Ecke und wischte sich fortwährend die Stirne.

Dagegen gewann der Maxl über alle Maßen. Sein Bruder, der schöne Schusterbaron, hatte eine Ehre dareingesetzt, den Maxl für den heutigen Tag pickfein abzuliefern. Er trug des eleganten Bruders schwarzen Tanzgehrock-Anzug, Kragen, Krawatte und Knöpfchen, alles war tadellos, die Stiefel von feinster Arbeit – heute konnte man ihm seine adlige Abstammung glauben.

Der Fritzl, sehr erstaunt von seinem Erscheinen, sah ihn giftig von der Seite und die Line sah ihn ratlos an. In ihrem öden und zu Tode verwundeten Herzen brachte allerdings der wundervolle Gehrockanzug, sowie der ganze frischrasierte Maxl einige Verwirrung hervor.

Wäre alles schön gewesen, doch das Rosinchen kam nicht! Es dufteten die Blumen aus dem Nebenzimmer, es duftete aus der Küche, es duftete der unruhvoll erwartende Bräutigam nach allen Künsten des nachbarlichen Friseurs, das Rosinchen erschien nicht. Dieses Fernbleiben der Hauptperson legte sich bald erstarrend auf die Gemüter der Gäste, es wurde kaum gesprochen, und die drei saßen wie die Bildsäulen und konnten die Augen nicht von der Türe wegbringen.

Jedoch schien das die Heiterkeit des Alten nur zu vermehren. Er kicherte fortwährend und neckte entweder die Line mit ihrer früheren Schüchternheit, oder er konnte sich nicht genug tun, dem Maxl zu versichern, wie hoch er ihn schon als kleinen Jungen geachtet und ihn daran zu erinnern, wie sie sich so oft über Politik unterhalten hätten. Ob er noch wisse, wie er den Bismarck verehrt und dabei gefürchtet hätte?

Der Maxl nickte:

»Ja, man kriegt andere Ideale und fürchtet etwas anderes«, zu welchen Bemerkungen die Line puterrot wurde.

Was er nun studiere und lese und verehre, meinte der Alte.

Nun war die Reihe rot zu werden am Maxl: »Verehren?«, stotterte er. »Lesen, ja. Ich – ich hab zuerst den Karl May gekriegt vom Herrn Kaplan, hat mir aber nicht recht gefallen und – nachher den Stifter. O Sie, der ist schön!«

»Soso? Und was noch, Herr Student?«

»Nachher hab ich mir den Mörike gekauft. Kennen Sie den?«

»Hab ich ämal gekannt ä Farbwarenfabrik, wo se is, weiß es Rosinche, möglicherweis is der Mann verwandt. Wisse Se, ich selber les ja nit, Gott bewahr' mich!«

»Oder den Hugo?«, fragte der Maxl eifrig.

»Hugo, Porzellanmanufaktur, Hugo u. Co., is unser heutiges Service von ihm. Den kenn ich, aber den werde Se nit meine. Und was sagt der Monsieur Cloche dazu, dass der Maxl derf studiere und all die Bücher lese? Ich hoff, Sie tun das nit?! So des Lese, mein ich.«

»Der Maxl, wissen Sie, ist ein Luxusgegenstand, ich bin fürs praktische Leben und zum Gebrauch, ich hab meine Zukunft, Herr Mahn; der lebt im Größenwahn und in einer nicht existierenden Welt, was sich rächen wird, aber ich bin ein gemachter Mann! Ich weiß, wo ich 'naus will, mir gehört die Welt!«

Das hatte der Fritzl halb drohend, halb herausfordernd gesprochen, die Türe, durch die doch endlich, endlich das Rosinchen erscheinen musste, ließ er aber dabei doch keinen Augenblick aus den Augen; schon hatte er sein Taschentuch zu einem kleinen harten Ballen zerknüllt vor lauter Abtrocknen und innerer Erregtheit, da ging die Türe,

aber es war nur die Tante. Die Tante, die schon lange keiner mehr gesehen, die zum Mythus geworden, alt, gebückt und verrunzelt, angetan
mit einem Schwarzseidenen, eine Haube mit handbreiten Spitzenrüschen
auf dem Kopf, und mit bronzefarbenen Samtbändern, die zu beiden
Seiten ihres ledergelben Gesichtes herabhingen. Sie knickste und
winkte und trippelte gleich voran in die Wohnstube, wo ein feingedeck-
ter Tisch im Schmuck der Blumen und des Silbers, sowie des Services
Hugo u. Co., Porzellanmanufaktur, stand. Soeben setzte die alte Köchin
mit einer riesenweißen Schürze eine Riesensuppenschüssel auf den
Tisch, da, – endlich! – o Erlösung! – schwebte, nein tanzte das Rosinchen herein, ganz Chlonnenchltrählche heute, gebot mit der Hand, dass
sich alles setze und lächelte holdselig; geradezu verklärt sah es aus, mit
roten Bäckelchen prangte es, angetan mit einem weißen Kleide und
einer breiten grünen Schärpe. Aber als der Fritzl auf den weißen Engel
zuwollte, winkte es »Halt!«, rauschte krinolinenschwenkend nach
rückwärts, langte mit der Hand hinter die Türe und zog mit gemachter
Langsamkeit und Feierlichkeit einen großen korpulenten Herrn in den
»besten Jahren« vor, und hielt ihn direkt neben der Türe fest. So Hand
in Hand mit ihm stehend, sprach es laut und mit Würde:

»Meine versammelten hochgeehrten, eingeladenen Herrschaften, erlauben Sie, dass ich Ihnen zu dieser Feier den mir von meinem Papa
seit drei Tagen erlaubten Bräutigam, den Herrn Getreidehändler Sieben-
haar Erben vorstelle. Ich gestatte Ihnen, sofort mit dem Essen zu begin-
nen, aber passender vorher auf das Wohl des wohllöblichen Brautpaares
anzustoßen, vor allem des von mir erwählten und ich von ihm erwählten
Bräutigams, was Sie nachher sogar in Champagner bestätigen können,
gegeben von dem Helden des Tages. Ich fordere nun alle Anwesenden,
von meinem Papa angefangen, auf, zur festlichen Bestätigung unseres
Bundes ein ›Hoch‹ auf uns, das Brautpaar, auszubringen.«

Und während dünn und gepresst, verschüchtert und matt ringsum
das »Hoch« tönte, hing es sich hingerissen, mit einem kleinen »Hupf«
an den Dicken, der über sein ganzes fettes, gutmütiges Gesicht lachte,
dass der rote Schnurrbart unter der krummen Nase wackelte, und der
seine breite, rotbehaarte und schwerberingte Hand auf den frischpräpa-
rierten Stopselzieherlocken ruhen ließ.

Sechs Augen hingen entgeistert und wie festgenagelt an dem so rapid
aufgetauchten Bräutigam, wie wenn er, der so gar nicht einem Schemen

glich, dennoch ein Schemen gewesen wäre und sich in der nächsten Sekunde zu verflüchtigen drohe.

Jedoch er hielt stand, der Stuhl krachte sogar sehr merklich unter ihm, als er sich niederließ, und die Hand, die den Suppenlöffel packte, hatte aber auch gar nichts von der vierten Dimension an sich.

Die drei Geladenen wechselten in schöner Reihenfolge mit »weiß- und rotwerden«, kontinuierlich rot blieb nur die Line, und das Rosinchen wisperte ihr zu: »Bischde rot vor Freud oder vor Ärger? Gibt's jetzt noch was, worüber du dich wunderst nach dem Erlebnis?? – Heul doch jetzt nit, es glaubt dir's niemand, dass du aus Rührung heulscht –«

»Ach, Rosinchen«, lispelte stockend die Line, »wüsstest du meine Erfahrungen!! Alles stürzt über mir zusammen, die Baronin, der Kaplan heute, der Fritzl, du –«

»So halt dich an die Realität!«, meinte das Rosinchen, und gab der Line einen Rippenstoß nach der Seite hinzielend, wo sie die Realität verstanden haben wollte.

Inzwischen erhob sich der Fritzl. Er hatte noch keinen Löffel Suppe angerührt, während der Maxl und die Tante ihre Teller in einem rasenden Tempo ausgelöffelt hatten.

Er zitterte, als er an sein Glas klopfte, und war diesmal endgültig weiß geblieben, aber er sprach leidlich fest:

»Ich als Weltmann, beinahe intim mit dieser hohen Braut und häufiger Frequentierer dieses hochgeehrten Hauses, sowie Freund und Bekannter der unterschiedlichen Anwesenden, beeile mich, noch solo nachzüglich auf das Wohl des so überraschend geschmiedeten Brautpaares zu trinken. Zugleich erlaube ich mir, es ebenso ähnlich anzukündigen, indem, dass ich bitte, mich aus diesem erlauchten Kreise schnell entfernen zu müssen. Ich bin unter diesen selben Umständen genötigt, mich nach Hause zu begeben, wovon ich schon lange gebeten hätte, Gebrauch machen zu dürfen, insofern als ich dort meine eigene – *Verlobung* – zu feiern im Begriff stehen möchte. Ich habe beabsichtigt, mich mit der Tochter meiner zurückgekehrten Halbschwester, da sie mir und ich ihr passend geneigt bin, Fräulein Ella Wischnofsky, zu verloben, was ich imstande sein werde, indem dass ich jetzt fest im Sinn habe und die geneigten Herrschaften um meine Entlassung bitte, jedoch nicht ohne vorher noch ein ›Hoch‹ auf das Wachsen und Gedeihen der Verlobung auszubringen.«

Immer fester im Ton war er geworden und zuletzt schaute er sich im Kreise um, wie wenn er eine allgemeine Hochachtung vor seiner Bravour in allen Mienen lesen müsste.

Der Maxl und die Line schauten starr auf ihre Teller, das Rosinchen dagegen streckte ganz ungeniert und des neuen Bräutigams nicht achtend, wie ein kleines, ungezogenes Kind, dem ein Spaß nicht ganz gelungen ist, dem Redner eine lange rote Zunge über den Tisch entgegen.

Nur der alte Mahn war eitel Freude und Bewunderung:

»Bravo, Herr Glocke! Respekt. Des hawwe Se fein gemacht! Ich gratulier auch zu der schon gesegnete Verlobung mit der Nichte aus der ungarische Garnison. Sie is ä bissl leidend jetzt, hör ich, aber Sie sind ä Kavalier und werde sich an der Kleinigkeit, die Sie mit in de Kauf zu nehme hawwe nit stoße. Also ich gratulier nochämol –«

»Herr Mahn, ich danke; ich lerne Sie jetzt erst in aller Tiefe würdigen, wo ich mich in eine andere Sphäre zurückzuziehen im Begriff stehe, glorreich meine ich: ›Was die Schickung schickt, ertrage, wer da ausharrt, wird gekrönt‹, und mit diesem wahren Spruch empfehle ich mich der erlauchten Runde, habe die Ehre!«, dienerte sechsmal, vor jedem einmal, und schritt schnell und entschlossen hinaus, während ihm das Chlonnenchltrählche in den höchsten Fisteltönen nachrief: »Denken Se dran, Herr Glocke, mer hawwen prachtvolle Schwarzseidene, passend für die Frau Mama zur Hochzeit, hawwe Se gehört?«

CPSIA information can be obtained
at www.ICGtesting.com
Printed in the USA
BVHW031405280819
557051BV00001B/12/P